www.tredition.de

AF201951

 Stefan Prebil arbeitet und schreibt in seiner Alphütte hoch über dem Brienzersee.

Nach einer Karriere im Top Management rund um den Globus, besteht seine Tätigkeit heute aus Beratung von Firmen im Technologie Bereich, Coachings und dem Schreiben von Romanen.

Seine Erzählungen handeln von persönlichen Beziehungen, außergewöhnlichen Biografien, im Kontext mit gesellschaftlichen Entwicklungen und dem rasanten technologischen Fortschritt.

Stefan Prebil

Eisdiamanten

Band I

Wer Respekt nicht kennt, wird Demut lernen

www.tredition.de

© 2019 Stefan Prebil
Umschlag, Illustration: Stefan Prebil
Cover Bild: Adobe Stock Lizenz

Lektorat, Korrektorat: *Textengel*

                           Karin Engelkamp

Verlag & Druck: tredition GmbH, Halenreie
                           40-44, 22359 Hamburg

ISBN
Paperback   978-3-7497-7540-8
Hardcover   978-3-7497-7541-5
e-Book   978-3-7497-7542-2

.

Inhaltsverzeichnis

Eins

S am dreht sich auf seinem bequemen Business-Class-Sitz zur Seite und presst sein Gesicht an das ovale Fenster, um besser hinaussehen zu können. Das Summen unter ihm erregt seine Aufmerksamkeit. Der Pilot fährt die Landeklappen aus. Als passionierter Privatpilot ist er vorbereitet auf das, was folgt.

Die Maschine wird abgebremst, bäumt sich leicht auf, beginnt ein wenig zu schlingern und wird dann heftig und ruckartig durchgeschüttelt. Im Licht der Landescheinwerfer schießen vor dem Fenster die Schneeflocken in einem dichten Strom von Leuchtspuren vorbei. Die Sicht reicht gerade mal bis zum Triebwerk. Dahinter lässt das schummrige Blinken der Positionslichter die Flügelspitzen erahnen.

Sam hört es unter sich klacken; das Fahrwerk wird ausgefahren. Der Pilot der Iceland Air scheint weit garstigeres Wetter gewohnt zu sein. Wie ein erfahrener Cowboy, der einen wilden Mustang zureitet, lässt er der Maschine ein wenig Freiheit zu schlingern und in den Böen auszuschlagen, um sie dann mit ruhiger Hand in Richtung Piste zu steuern.

Die Kabine wird abgedunkelt. «Cabin Crew, take your seats – landing in five minutes», schnarrt lakonisch und unbeeindruckt die Stimme des Piloten aus dem Lautsprecher. Am besorgten Murmeln und gelegentlichen, verhaltenen Quieken hinter sich glaubt Sam, die Ausländer unter den Passagieren auszumachen. Das Pärchen auf der anderen Seite des Gangs gegenüber unterhält sich angeregt auf Isländisch und scheint unbesorgt. Er erinnert sich schmunzelnd an das Inserat im Bordmagazin: «Willkommen im zweitwindigsten Land der Welt – im windigsten wohnt niemand.»

Sam blickt versonnen auf das schwankende Triebwerk und schnappt sich das Heineken von der breiten Ablage neben sich. Er betrachtet die Aludose nachdenklich.

Das Aluminium der Triebwerköffnung muss noch mindestens minus sechzig Grad kalt sein, hält aber den Verwindungen stand. Bei einem Flug auf über zehn Kilometern Höhe dehnt sich durch den Druckunterschied auch die Kabine gute fünf Zentimeter, um bei der Landung wieder zu schrumpfen. Davon bekommt jedoch niemand etwas mit. Ist der Flug ruhig, fühlen sich die Passagiere in Sicherheit. Sie kuscheln sich in ihre Decken, sehen sich einen Film an und schlürfen einen Espresso, während sie mit fast tausend Kilometern pro Stunde in einer Aluminiumröhre durch die dünne Luft schießen.

Was ich nicht weiß, macht mich nicht heiß, sagt man und die Leute verlassen sich darauf, dass schließlich sehr selten etwas passiert. Nur wenn es, so wie jetzt, kräftig schüttelt, kommt bei manchem doch ein mulmiges Gefühl auf, sinniert er.

Sam grinst, wendet sich an seinen Sitznachbarn und raunt: «Kaum jemand ist sich bewusst, dass gerade mal zwei Millimeter Wandstärke diesen Airbus zusammenhalten und uns vor dem sicheren Tod bewahren. Beruhigend zu wissen, dass man dabei kaum etwas spüren würde.»

Der Mann schaut von seinem Buch auf, betrachtet Sam kurz, lehnt sich vor, um aus dem Fenster zu sehen und erwidert betont lässig: «So naiv es klingt, es geschehen wenig Katastrophen. Zu ausgeklügelt sind die Technik und das Material. Ob man allerdings nichts merken würde – da bin ich nicht so sicher. Wir fliegen nur noch mit circa zweihundertfünfzig Kilometern pro Stunde. Es ist wohl etwa null Grad Celsius da draußen und die Luft enthält in dieser Höhe genügend Sauerstoff zum Atmen. Man bekäme wohl, selbst wenn die Kabine bersten würde, alles mit.»

Sam nickt anerkennend und schaut den Nachbarn prüfend an. Schlaksiger Typ in grobem Wollpullover. Wohl ein Deutscher, der geschliffenen Aussprache nach. Was liest er da? „The digital transformation based on low code programming" – definitiv ein Nerd.

Das Flugzeug wird von einer kräftigen Böe gerüttelt und für Sekunden schwebt Sam über dem Sitz. Er sieht die Hand des Nerds neben sich, die sich an der Armlehne festkrallt. Die Knöchel zeichnen sich weiß an seinen Fingern ab.

Sam leert seine Bierdose in einem Zug. Er knickt, verdreht und presst das Aluminium knackend zu einer Scheibe und legt sie neben die bereits während des Fluges ebenso zerquetschte Büchse auf die Ablage. Eigentlich hatte er sich vorgenommen, mit seinen bedenklichen Trinkgewohnheiten hier auf Island zu pausieren. Aber die blonde Stewardess hatte ihm einfach mit einem Augenzwinkern eine zweite hingestellt, als er auf den Lunch verzichtete und bei seinem „letzten" Bier bleiben wollte.

Was soll's! Er ist ja noch nicht gelandet, also noch gar nicht wirklich angekommen. Er grinst und prostet sich im schwachen Spiegelbild des Fensters zu. Besonders diszipliniert und konsequent war er noch nie gewesen. Gepaart mit seinen manchmal impulsiven Entscheidungen, hat ihm das schon so manchen Ärger beschert.

Schnee Ende April – das wird wohl doch mehr Herausforderung und Abenteuer hier auf Island, als er erwartet hat, sinniert er, während die Maschine weiter durch die böige Luft schlingert.

Sein Bauch kribbelt. Es sind seine Zweifel, ob er überhaupt körperlich in der Lage sein wird, den Job, für den er hier angeheuert hat, zu tun, aber auch die bübische Freude, genau das herauszufinden.

Seine Mitarbeitenden haben letzte Woche beim Abschiedsumtrunk ihrem scheidenden Chef freundlich zugeprostet und ihm wohlwollend zu seinen mutigen Plänen gratuliert, zu dem Vorhaben, mit fünfundfünfzig Jahren als gestandener Manager seinen lukrativen Job aufzugeben und als Tauchguide in Island zu arbeiten.

Vor fünf Jahren hat er sich einen Jugendtraum erfüllt und sich zum Tauchlehrer ausbilden lassen. Nun sei es an der Zeit, daraus etwas zu machen, neue Inspiration zu finden und die Verantwortung in neue Hände zu legen, hat er ihnen erklärt und dabei der jungen Personalerin, die wahrscheinlich seine Nachfolgerin werden würde, zugezwinkert.

Die Wahrheit ist: Er hatte nach nur einem Jahr den verschlafenen Laden schlicht und einfach satt.

In den Gesichtern glaubte er, ihre Gedanken zu lesen: Noch so ein reicher Manager, der seinem Spielzeug überdrüssig ist und einen nächsten egozentrischen Nervenkitzel sucht, während wir hier um Job und Auskommen kämpfen.

Es war ihm egal. Mit dem Unausgesprochenen war er durchaus einverstanden. Er war sich bewusst darüber, dass er die Gier nach immer noch mehr Macht und Geld mit der nach mehr „Leben", nach Selbstverwirklichung getauscht hatte. Das Vorgehen ist dasselbe – er ging egoistisch quasi über Leichen, opferte Beziehungen, Freundschaften und überließ eine Belegschaft ihrem Schicksal.

Er, Samuel Frei, hatte sich vom Pharmavertreter zum Geschäftsführer in multinationalen Konzernen hochgearbeitet und wurde zu „Magic Sam". Nach erfolgreichen Jahren scheiterte er am Ende fulminant an den Intrigen, dem immensen Umsatzdruck, seinem zunehmend skrupellosen Ego – inklusive seiner krachend gesplitterten Ehe. Seine Karriere fiel in sich zusammen. Es wunderte ihn wenig, hatte er doch, um den Druck auszuhalten, immer öfter gesoffen und sich dabei gedacht, man würde irgendwann herausfinden, dass er „das alles" gar nicht konnte, dass er eine Art Karrierehochstapler war. Als alles zusammen brach, begann er sich als Interimsmanager für kleinere Unternehmen zu verdingen. Die Mandate waren durchaus anspruchsvoll und gut bezahlt, aber sie konnten nicht die schwärenden Wunden heilen, welche das Scheitern hinterlassen hatte.

Vor drei Monaten fragte ihn ein Tauchkollege, ob er nicht auch als Guide in Island arbeiten wolle. Er selber hätte für zweitausend Euro pro Monat angeheuert. Sie würden zwar nur alle paar Tage richtige Tauchgänge mit Touristen leiten – meistens Schnorcheltouren in Trockentauchanzügen – aber die Silfra-Spalte, wo man im glasklaren, zwei Grad kalten Wasser direkt zwischen den europäischen und amerikanischen Kontinentalplatten schweben könne, sei einfach atemberaubend wie auch das ganze Land und seine Leute.

Sam suchte daraufhin im Internet den Ort und fing sofort Feuer. Er bewarb sich spontan bei allen Tauchschulen in Reykjavik und ergatterte einen Job als Guide – zu einem Monatslohn, den er bisher pro Tag verdient hatte. Es war ihm egal. Er hatte genug „fuck you money" für ein Jahr und die Schnauze voll.

Für den Job musste er vor seiner Abreise einen Kurs machen, um zu lernen, wie man mit einem Trockentauchanzug umgeht. Der Bluff bei der Bewerbung – als Schweizer habe er reichlich Erfahrung mit Tauchen in eiskaltem Wasser – funktionierte, obwohl er noch nie in dieser Ausrüstung getaucht war. Das fehlende Wissen und die spezielle Ausrüstung eignete er sich danach an und besorgte sich alles Erforderliche, aber ihm fehlen natürlich sowohl die Erfahrung als auch die nötige Fitness, um mehrmals täglich im kalten Wasser eine Gruppe zu führen. Irgendwie wird er das schon hinbekommen und wenn nicht – na, dann wird er den Sommer eben in seinem Haus am See verbringen.

Mit einem Poltern setzt die Maschine in Keflavik auf und holt ihn aus seinen Gedanken. Das Flugzeug bremst mit Schubumkehr auf der verschneiten Piste und schlittert in Richtung Terminal.

Die Piloten, zwei junge, bärtige Wikingertypen, verabschieden sich an der Cockpittür von den Passagieren: «Thank you and have a nice weekend.»

«You too, nice job!», antwortet Sam weltmännisch grinsend und schaut sich noch einmal nach der hübschen Stewardess um, bevor er durch die Flugzeugtür die Gangway betritt.

Das Grinsen auf seinem Gesicht wird immer breiter, als er in Springerstiefeln und Cargohosen mit seinen beiden riesigen Rollkoffern voll mit Ausrüstung und Klamotten von der Gepäckausgabe in Richtung Zollkontrolle stapft.

Zwei

M it einem Ruck schießt Sam von dem billigen IKEA-Bett hoch. Prompt springen dabei wieder ein paar Querlatten unter der dünnen Matratze aus den Nuten und er sackt wie in ein Erdloch, das sich bei einem Erdbeben öffnet, sodass er mit dem Hintern auf dem Boden landet. Fluchend rudert er mit den Händen, hangelt sich wieder hoch, greift nach seinem Handy und lässt sich gleich wieder auf das durchhängende Bett fallen. 5.30 Uhr – noch eine Viertelstunde, bis er mit seinen Kollegen zum Tauchshop fährt für die erste Schicht.

Sam hat sich noch immer nicht an das Licht auf Island gewöhnt. Jetzt, Ende Mai, ist es bis zwei Uhr morgens hell und die Dämmerung beginnt bereits um drei. Um fünf Uhr morgens hat man das Gefühl, es sei bereits gegen zehn, so hoch steht die Sonne.

***

Vor drei Wochen hatte ihn Yana, die für das Personal von Silfra Scuba verantwortlich ist, vom Flughafen abgeholt und zu seiner Unterkunft gefahren, zu Vatnagarðar 18 in Reykjavik oder V18, wie das zu einer Wohngemeinschaft umgebaute Bürogebäude direkt gegenüber vom Containerhafen von seinen Bewohnern genannt wird. Das Gebäude liegt an einer Gewerbestraße etwas außerhalb von Reykjavik. Zu Fuß dauert es eine gute Stunde bis ins Zentrum, aber es gibt an der Schnellstraße, die hinter dem Gebäude verläuft, auch einen Autobus. Die Isländer nutzen den kurzen Sommer und so ist um diese Jahreszeit sowohl im Containerhafen wie auch auf den Straßen fast vierundzwanzig Stunden Betrieb.

Trotz des Lärms ist Sam froh, ein Zimmer an der Außenseite zu haben – mit Fenstern. Andere der etwa sechzig Mitbewohner, die in den unterschiedlichsten Jobs für Iceland Adventure, der Mutterfirma von Silfra Scuba, arbeiten, haben ein Zimmer im Innenbereich des Gebäudes. Dort gibt es weder Tageslicht noch frische Luft, aber davon bekommen sie ja bei der Arbeit mehr als genug. Sobald sie zu Hause sind, gibt es nur noch die Welt hier drin. Ihr Biorhythmus wird dadurch bestimmt, dass ein Team von seiner Schicht kommt, alle duschen, kochen und sich in der Gemeinschaftsküche lauthals die neuesten Storys von allzu schusseligen Kunden erzählen. Die Schichten beginnen um sechs Uhr morgens und die letzten Teams kommen erst gegen Mitternacht zurück. Auch die Touristen nutzen den langen Tag und so herrscht in V18 ein ständiges Kommen und Gehen der Bergführer, Fahrer, Schlauchbootkapitäne und Tauchguides.

Sam brauchte eine Weile, um sich an die Verhältnisse in dieser Art Pfadfinderheim zu gewöhnen. Mit seinen fünfundfünfzig Jahren ist er mehr als doppelt so alt wie der Durchschnitt und hat andere Gewohnheiten und Vorstellungen des Zusammenlebens als seine Mitbewohner. Für die rund zwanzig Frauen gibt es drei Duschen – ebenso wie für die vierzig Männer. Das heiße Wasser riecht nach Schwefel – eine Eigenheit der isländischen Wasseraufbereitung durch Geothermie. Noch gewöhnungsbedürftiger jedoch ist für Sam der Zustand der Duschen. Er tappt lieber in Schlappen als barfuß über den nassen Boden und behält diese auch beim Duschen an. So hat er zumindest das Gefühl, mit den Haaren, Seifenresten und anderen undefinierbaren Flüssigkeiten in der Duschkabine nicht direkt in Kontakt zu kommen.

Ansonsten hat er sich nach einem Monat recht gut an das Leben und Arbeiten in Island gewöhnt. Er kann sich zurückhalten, wenn er findet, dass die Abläufe in dem Tauchshop besser funktionieren könnten, und ist froh, nicht mehr den Manager spielen zu müssen. Tauchlehrer –ob männlich oder weiblich – haben alle große Egos. Ob es daran liegt, dass viele diesen Job machen, die es sonst nicht sehr weit gebracht haben und sich nun beweisen wollen, oder daran, dass sie Aussteiger sind und sich deshalb für etwas Besonderes halten? Dass sie sich als Taucher verdingen und ein „freies Leben" führen, von dem viele nur träumen? Jedenfalls – die meisten meinen, es besser zu wissen, wie etwas richtig gemacht oder instruiert wird. Das hatte er schon bei seiner Ausbildung damals in Thailand mitbekommen. Dort hatte ausgerechnet ihn, der es gewohnt war, als Manager den Ton anzugeben, die Besserwisserei genervt und er provozierte am laufenden Band Hahnenkämpfe. Das hat sich geändert. Er ist entspannter geworden; hier lässt er sich bereitwillig belehren und passt sich den Platzhirschen in den jeweiligen Teams an. Er wird respektiert und das ist ihm genug. Von seinem Vorleben als Manager erzählt er tunlichst nichts. Schließlich ist schon sein Alter suspekt genug.

Sam und Ilias, ein weißbärtiger Grieche, sind die Ausnahmen. Ilias ist von Thailand hierhergekommen wegen des weltweit einzigartig hohen Lohns. Zweitausend Euro plus Unterkunft – das ist mehr als das Doppelte von dem, was man üblicherweise als Tauchlehrer verdient. Der Lohn ist allerdings so hoch, weil die Lebenskosten in Island horrend sind. Sam fand schnell heraus, dass es sich um den gesetzlichen Mindestlohn handelt und ein Kassierer im Supermarkt mehr verdient als er und seine Kollegen. Aber die Guides stören sich nicht daran und machen es mit einem sehr sparsamen Leben wett – wenigstens die, welche sich wie Ilias ein finanzielles Polster anlegen wollen.

Ilias hat sich vor ein paar Jahren einen Lebenstraum erfüllt und in Thailand gemeinsam mit einer Einheimischen einen Tauchshop eröffnet. Dort ist es nur möglich, ein Geschäft aufzubauen gemeinsam mit einem inländischen Partner, der mindestens einundfünfzig Prozent des Unternehmens besitzen muss. Für den kleineren Teilhaber ist die Situation natürlich riskant. Deshalb haben viele Ausländer mit einem Unternehmen in Thailand eine Treuhandfirma als Partner und hoffen auf dessen Professionalität. Die anderen verlassen sich auf die ewige Liebe – wie Ilias. Er hat seine Phat wirklich geliebt und vielleicht deshalb nicht genau genug hingeschaut.

Es kam, wie es oft in Thailand passiert: Wenn ein Geschäft floriert, gibt es schnell Neid und Begehrlichkeiten. Es meldete sich die lokale Mafia und wollte für ihre „guten Dienste" – die Behörden beruhigen und aufpassen, dass der schöne Tauchshop nicht plötzlich abbrennt – einen Anteil vom Umsatz haben. Phat kannte diese Unumgänglichkeit im Gegensatz zu Ilias und wollte ihn überzeugen zu zahlen. Aber Ilias ließ sich nicht beeindrucken und erreichte damit nur, dass sich Phat von ihm distanzierte und schließlich anbot, ihn für einen lächerlichen Betrag auszuzahlen. Da war es vorbei mit der großen Liebe.

Als er sich weigerte, dieses Spiel mitzuspielen, machten die Mafiosi ihm klar, wie sie mit Leuten, die es wagen, sich gegen die Zahlungen zu sträuben, umzugehen pflegen: Er wäre nicht der erste Ausländer, der betrunken ins Meer fällt und ertrinkt. Hals über Kopf verließ Ilias daraufhin das Land, das er so sehr liebte, und landete in Island – mit nichts als seinen Klamotten am Leib.

So hatte er Sam seine Geschichte bei ein paar Dosen Bier erzählt.

Ilias ist wortkarg, in sich gekehrt, kocht für sich allein und isst auch meist mit mürrischem Gesicht abseits auf dem durchgesessenen Sofa, das im Gang zur Küche steht. Er will den Sommer durchstehen und mit dem Ersparten wieder nach Thailand, um von vorne anzufangen. Alles andere ist ihm egal und er würde noch am selben Tag abreisen, wenn er das Geld schon zusammen hätte.

Ilias hat ihm in seinem Kühlschrankfach Platz gemacht. Wie die Mauern einer Arena stehen in der Küche rund um die Tische in der Mitte mannshohe Kühlschränke, in denen die Bewohner ihre Vorräte in angeschriebenen Fächern lagern. Allerdings ist es besser, seinen Biervorrat in einer Plastiktüte vor das Fenster zu hängen, wenn man nicht vor einem leeren Fach stehen will. Alkohol ist ein wahrer Luxus in Island. Die Dose Bier kostet fünf Euro – zu kaufen nur in den Vínbúðin, den staatlichen Alkoholläden. Wenn es hoch hergeht, wird dem Bier Brennivín, isländischer Branntwein, beigemischt. Bier war lange Zeit verboten mit der Folge, dass die Einheimischen zum Schnapstrinken erzogen wurden.

Wer selber kocht – vornehmlich Pasta – und seinen Alkoholkonsum minimiert, dem reichen gut zehn Euro pro Tag zum Leben. Sam fuhr anfangs gelegentlich mit dem Bus in die Stadt zum Essen. Schließlich ist er auf den Verdienst nicht angewiesen. Aber die teuren Hamburger zu dreißig Euro schmeckten ihm nicht und er ist auf asiatische Fertiggerichte und ab und zu eine Pizza aus dem Laden an der Schnellstraße umgestiegen. So „kocht" er nun seine tiefkühlten Papptütengerichte in der Mikrowelle und setzt sich meist zu den anderen.

Gestern Abend fand die wöchentliche Grillparty statt. Daran erinnert Sam sein brennender Durst und das flaue Gefühl im Bauch, als er die Matratze hochhievt, um die Bettsparren wieder einzuhängen. Er schnappt sich eine Tüte Orangensaft aus dem wackeligen Büchergestell neben dem Bett, trinkt mit gierigen Schlucken und zieht die Rollos hoch. Wolkenfetzen fegen über die Bucht und permanent piepende und blinkende Kranwagen karren gegenüber im Hafen die Container herum. Auf der anderen Seite über der 914 Meter hohen Esja, dem Reykjaviker Hausberg, stauen sich die Wolken. Es scheint dort zu regnen. Ein ganz normaler Tag – nicht wie gestern ...

Sam hatte sich am Abend erst gegen zehn zu den anderen hinter V18 auf den kahlen Betonplatz gesetzt, wo sie jede Woche ihre Würste braten.

V18 liegt mitten in einem Industriequartier, umgeben von Autowerkstätten und Lagerhallen mit ihren von Wind und Kälte angenagten Fassaden. Hinten an dem tristen, ehemaligen Bürogebäude gibt es einen Notausgang, der über einen Betonplatz zu einer Treppe führt, über welche die unmittelbar darüber liegende Schnellstraße zu erreichen ist.

Der rissige Betonplatz ist ihre Grillterrasse, zur Straßenböschung hin von den allgegenwärtigen Lupinen umrahmt, die auch die sommerlich grünen Hänge der Vulkane mit sanftem Lila verzaubern. Ein schöner Kontrast zu der anderen Seite des Gebäudes mit dem quirligen Containerhafen und dem bleigrauen Meer. Es gibt ein paar Plastikcampingstühle, die ihre beste Zeit längst hinter sich haben, und jemand hatte einige Biertische und Bänke organisiert. Ein paar Betonblöcke mit verdrehten, rostigen Armiereisen dienen als Grill.

Wer hier morgens um zwei mit der Sonnenbrille in der Sonne sitzt, den Wolken zuschaut, die vom fast permanent starken Wind über den Himmel gejagt werden und dabei ein wundersames Lichtspektakel veranstalten, fühlt sich fast wie auf einem anderen Planeten.

Chuck saß gestern Abend bei für ihn angenehmen vierzehn Grad wie immer breitbeinig in Shorts und T-Shirt auf seinem Campingstuhl, sonnte sich und gab seinen englischen Humor zum Besten, wobei er selbst am lautesten lachte. Als er Sam erblickte, stellte er sein Bier auf den Boden, strich seine langen, schwarzen Strähnen aus dem Gesicht und holte einen Stuhl für ihn. Er umarmte ihn, klopfte mit beiden Händen seinen Rücken und brummte: «Everything will be okay, mate!» Dann schaufelte er für ihn Kartoffelsalat und zwei Bratwürste auf einen Teller, schnappte eine Dose Bier aus dem Wasserkübel und lud ihn mit offener Hand auf den Stuhl neben sich ein. Daneben saß Jace und strich sich gedankenverloren seinen roten Vollbart glatt.

Jace ist Engländer wie Chuck, aber außer dem schwarzen Humor verbindet die beiden wenig. Chucks gedrungene Statur erinnert an einen Pitbull, was auch ganz gut zu seinem Wesen passt – vordergründig britisch freundlich, aber jederzeit zu einer wüsten Rauferei bereit. Jace hingegen ist großgewachsen und hager – eine typische Langstreckenläufer-Statur, etwas introvertiert, außer er hat ein paar Bier intus.

Die hübsche Emma lehnte mit ihrem Kopf an Jaces Schulter. Die beiden haben sich hier in Island kennengelernt. Anfangs wurde die Zweiundzwanzigjährige mit ihrer Backfischfigur und den vielen Sommersprossen in ihrem meist fröhlichen Gesicht von vielen ihrer Kollegen unterschätzt. Sie ist eine souveräne Tauchlehrerin und kann sich sehr gut durchsetzen, wenn es darauf ankommt, etwa wenn Touristen ihren Sicherheitsanweisungen nicht sofort folgen. Dann kann sie grimmig werden und unnachgiebig. Sam hat bisweilen den Eindruck, dass sie in solchen Situationen geradezu mit sich kämpfen muss, um freundlich zu bleiben. Anfangs hat er sich gefragt, welche denn die wahre Emma ist, das junge Küken oder die versierte Lehrerin, aber sich nicht weiter damit befasst. Meist ist sie guter Laune und fast mütterlich allen gegenüber. Offenbar kommt sie aus gutem Hause. Ihre Familie besitzt umfangreiche Ländereien und einen großen Gutshof, wie er von Jace erfahren hat. Das erklärt vielleicht ihr natürliches, für ihr Alter außergewöhnliches Selbstvertrauen und auch ihre manchmal durch die Lässigkeit des Abenteuererlebens durchblitzenden, klaren Vorstellungen von Richtig und Falsch. Sie wuchs als privilegiertes Mädchen der oberen Zehntausend auf und bekam wohl von ihren Eltern früh eine gewisse natürliche Überheblichkeit und konservative Werte mit auf den Weg. Meist verhält sie sich jedoch wie alle anderen, ist in den Teams geschätzt und wird von den Männern als Kumpel akzeptiert.

Mit ihrer Fröhlichkeit passt Emma gut zu dem etwas wortkargen Jace und umsorgt ihn auf jeder Tour mit Sandwiches.

Chuck und Sam hatten gestern Nachmittag zusammen mit Marie, der hübschen Französin, auf die Sam ein Auge geworfen hat, ein Team gebildet für die Tauchgänge in der Silfra-Spalte. Am Abend nun stand Marie hinter Sam und massierte sanft seine Schultern.

„Alles okay – keiner der blöden Amis ertrunken und uns ist auch nichts passiert. Lasst uns ein paar Bier trinken und den Abend genießen», meinte

Chuck, von einem lauten, blökenden Lacher begleitet.

«Das hätte ins Auge gehen können», bemerkte
Sam.

Mickey, ein bärtiger, hagerer Engländer, und
seine Freundin Julia, eine blonde Ukrainerin, gesell-
ten sich dazu sowie Barbu und Simi, die beiden ru-
mänischen Brüder, die Sam gleich bei seiner An-
kunft herzlich aufgenommen und ihm sehr dabei
geholfen hatten, sich im Tauchbetrieb und in der
Wohngemeinschaft zurechtzufinden.

Chuck schaute Sam auffordernd an und breitete
mit einem Lacher die Arme aus. Alle warteten darauf, von ihm zu erfahren, was wirklich passiert war.

Sam begann zu erzählen, wohlwissend, dass
Chuck sicher seine Version bereits zum Besten gegeben hatte und die Geschehnisse des Tages
schon wie ein Lauffeuer die Runde gemacht haben
mussten. Er war sich bewusst darüber, dass die
Story, reichlich ausgeschmückt, längst in Winde-
seile in den Whatsapp Gruppen beschrieben worden war. So war er froh, seine Version erzählen zu
können.

Gerade war er am Ende seiner Schilderung angekommen, als plötzlich Drake und Tara, die bei-

den Diveshop-Manager, vor ihm standen. Sam erhob sich wie ein Erstklässler und sowohl Drake als auch Tara umarmten ihn und klopften ihm auf die Schultern.

«Na? Ist dir wieder warm?», meinte Drake mit einem Augenzwinkern und Tara fragte: «Ist der Schreck wieder aus den Gliedern gewichen?» Sam antwortete mit einem Schulterzucken und grinste.

Drake ist ein erfahrener Tauchmanager. Sam kennt ihn bereits von seiner Ausbildung in Thailand. Ein smarter Engländer, der viel in der Welt herumgekommen ist. Er mag etwas über vierzig sein. Seine Clint-Eastwood-Frisur ist schon etwas schütter geworden, aber wie bei dem Hollywood-Coolman blitzen seine Augen auf, wenn er spricht und dazu eine nie richtig brennende Zigarillo im Mundwinkel hin und her rollt. Sam hat ihn nie mit einer Frau gesehen, aber er weiß von einem Bild, auf dem Drake mit drei Kindern in die Kamera lacht. In Thailand hatte er einen kurzen Blick darauf werfen können, als Drake eine Runde bezahlt und sein Portemonnaie vor ihm geöffnet hatte. Sam hatte ihn gerade nach dem Foto fragen wollen, aber Drakes Blick hatte ihn davon abgehalten; er hatte Sams Impuls offenbar gespürt. Da war Schmerz in seinen Augen gewesen. Wie so viele Berufstaucher hat er wohl kein Glück mit Beziehungen oder ist gerade deshalb Tauchnomade geworden.

Drake teilt sich die Leitung des Silfra Scuba mit Tara. Schließlich ist das fast ein Vierundzwanzig-Stunden-Job an sieben Tagen die Woche. Die Anfragen kommen aus allen Winkeln der Erde und die Buchungen müssen in sechs Schichten eingeteilt werden mit maximal acht Schnorchlern oder zwei Tauchern pro Guide. Sicherheit wird großgeschrieben. In der Vergangenheit gab es ein paar Tote bei Exkursionen und das Tauchen an der Silfra-Spalte lief Gefahr, in den sozialen Medien als hochriskant in Verruf zu geraten. Drake zitierte schon beim ersten Briefing für die neuen Tauchguides den Gründer von Easy Jet: „If you are concerned about the cost of safety, think about the price of an accident». (Wenn du besorgt bist über die Kosten der Sicherheit, denke an den Preis eines Unfalls.)

Tara stammt aus Glasgow und hatte dort als Krankenschwester in einem Hospiz für Schwerstabhängige gearbeitet. Die vielen jungen Menschen, die sie hatte verrecken sehen, haben sie geprägt. Mit wohl kaum Dreißig ist sie eine umsichtige, souveräne Shopmanagerin – quirlig, immer einen derben Witz auf Lager, um die großen Egos der Guides zu zähmen, und fähig, auch hektische Situationen zu überblicken. Den meisten reicht sie nur bis zur

Brust, aber um sich durchzusetzen, kann sie schon mal die Hände in ihre fülligen Hüften stemmen, die blonden Zapfenlocken aus dem Gesicht schnauben und laut werden.

Drake und Tara sah man die Erleichterung an, dass alles glimpflich verlaufen war. Offenbar hatten sie ein paar harte Befragungen der Behörden hinter sich und danach beschlossen, ein paar Sixpacks Bier zu kaufen, um nach der Truppe zu sehen.

Drake schlug zwei Flaschen aneinander. Die anderen Guides erhoben sich von ihren Campingstühlen, um sich ein Bier zu holen. Auch Ian, ein gemütlicher Typ wie ein Bär, der an eine hünenhafte Version der Zwerge in „Herr der Ringe" erinnert, mit mächtigem, rotem Bart, wilder Mähne und immer lachenden Augen unterbrach seinen Job am Grill und kam ebenfalls dazu.

«Wir haben heute Glück gehabt ...», begann Drake eine Ansprache. «Das hätte auch anders ausgehen können. Soweit ich das überblicke, haben Sam und Chuck nichts falsch gemacht und extrem professionell reagiert. Der Vorfall zeigt, dass wir trotz aller Sicherheitsmaßnahmen jede Sekunde immer und überall wachsam sein müssen. Ihr kennt die Regel: Der erste Fehler ist lebensgefährlich, der zweite kann tödlich sein. Hier wurde kein zweiter gemacht und dafür möchte ich euch danken. Die gute Nachricht ist, dass wir von den Behörden nicht blockiert werden; wir können morgen weitermachen. Sam und Chuck allerdings dürfen erst wieder arbeiten, wenn die Untersuchung abgeschlossen ist.» Mit diesen Worten prostete Drake allen zu.

Die sonnige Nacht lud ebenso wenig zum Schlafen ein wie das eifrige Tuten der Kräne und Gabelstapler, die auf der anderen Seite von V18 ein Containerschiff entluden. Sam spürte die Unterkühlung vom Nachmittag in seinen Knochen. Kurz nach Mitternacht zog er sich in sein Reich zurück und fiel dank des Alkohols in einen traumlosen Schlaf.

***

5.45 Uhr – Jetzt wird es Zeit! Sam schlüpft in den wattierten Overall, den er sich gestern Abend ausgeliehen hat. Seiner ist klitschnass und mit dem Tauchanzug im Tauchshop zum Trocknen aufgehängt. Er schnürt seine Springerstiefel und schlüpft in die Goretex-Jacke. Auf Island können die milden Temperaturen innerhalb von Minuten zu einem eisigen Wind wechseln, der einem Graupelschauer ins Gesicht klatscht. Noch die Wollmütze – und los geht's. Sam betrachtet sich in der kleinen Spiegel-kachel neben der Tür. Dunkle Ringe unter den Augen, aber sonst sieht er gut aus. Er zwinkert sich zu, schnappt seinen wasserdichten Umhängesack und will sich in der Küche noch ein paar Bananen und Schokoriegel aus seinem Fach holen.

Vor der Treppe sitzen Chuck und Marie auf dem Sofa, bereit zur Abfahrt. Sie hocken da wie nasse Spatzen auf einem Telefondraht und nicken mit einem schwachen Lächeln, als Sam sein «...orning» brummt und energisch in die Küche stapft. Nach einer halben Minute ist er wieder bei ihnen – bereit zur Abfahrt. Chuck lässt den Autoschlüssel aus seiner Hand baumeln und schaut Sam an. Du fährst, heißt das.

Die drei schwingen sich in den Van, um zum Tauchshop zu fahren. Eine Stunde werden sie Zeit haben, den Van mit Anzügen, Flossen, Masken, Handschuhen und allem möglichen anderen nötigen Zeug zu beladen, um die jeweils fünf bis acht Teilnehmer der sechs Touren mit der einer trockenen Ausrüstung zu versorgen.

Reykjavik liegt ruhig da an diesem Samstagmorgen. Es herrscht wenig Verkehr, wie immer um diese Zeit. Die meisten Isländer sind wohl noch in den Federn oder erst vor Kurzem schlafengegangen. Das Wochenende hat gerade begonnen und der Bär tanzt normalerweise erst gegen Mitternacht.

Sam fährt die Straße der Küste entlang, an der im fahlen Morgenlicht mystisch glitzernden Harpa – der Oper – vorbei ins Hafenquartier, wo der Shop liegt. Als er den Van vor dem Rolltor zurücksetzt, erwachen neben ihm Chuck und Marie aus dem kurzen Schlummer, den sie sich, aneinander gelehnt, auf der Beifahrerbank gegönnt haben.

Chuck tippt den Code ein, um die Türe zu öffnen, und Sekunden später hievt er von innen das Rolltor hoch. Die drei stempeln sich mit ihren Fingerabdrücken am Computer ein und stapfen mit den ausgedruckten Teilnehmerlisten vom Büro im Obergeschoss wieder hinunter ins Materiallager.

Es ist stickig und feuchtheiß hier drin. Um die hundert Anzüge, Unterziehoveralls, Handschuhe und Kopfhauben zu trocknen, ist der Raum auf dreißig Grad beheizt. Es riecht nach Gummi und brackigem Wasser mit einer Note Schweiß. Sam streift den Overall bis zu den Hüften hinunter, um nicht gleich zu schwitzen und sich dann womöglich zu verkühlen. Draußen sind es nur rund sechs Grad an diesem Frühsommermorgen.

Konzentriert stellen sie die nötige Anzahl Anzüge in den richtigen Größen mit der restlichen Ausrüstung zusammen, sortieren die Handschuhe und Hauben von den Trockengestellen nach Größen in die Kisten und verladen alles in den Van.

Als Sam die Box mit dem heißen Wasser und dem Schokoladenpulver bereitstellt – die heiße Schokolade wird die Touristen nach dem Bad in der Silfra aufwärmen –, kommt Drake in die kleine Küche.

«Hast du gewusst, dass es Swiss Chocolate, wie diese Aufrührpampe heißt, bei uns in der Schweiz gar nicht gibt?», meint Sam grinsend und fährt fort zu packen.

Drake schaut ihm mit zusammengekniffenen Augenbrauen zu. «Ich dachte, ihr drei hättet mich verstanden», ermahnt er sie. «Ihr seid vorerst freigestellt, bis die Untersuchung abgeschlossen ist. Euer Ersatz ist schon auf dem Weg. Mickey, Julia und Emma übernehmen. Die sind kaum aus den Federn gekommen. Ich musste sie wecken und abholen, weil ihr schon den Van genommen habt.»

«Siehst du! Wären wir nicht hier, wäre schon die erste Tour mit Verspätung angefangen», meint Sam, betont locker. Er richtet sich von der Getränkebox auf und erklärt, nun mit ernstem Ton: «Außerdem tut es gut, uns zu beschäftigen. Hast du nichts neben dem Guiden? Wir können hier auch mal aufräumen. Nur rumzusitzen ist nach so einem Erlebnis keine Option.»

«Einverstanden! Wir werden was für euch finden, aber erstmal geht es zur Polizei. Um Acht habt ihr einen Termin, um über den Vorfall zu berichten», erklärt Drake bestimmt und setzt beschwichtigend hinzu: «Ja, Sam, ich bin deiner Meinung und überzeugt, es wird sich alles regeln. Ein wenig Geduld und – ich bin auf eurer Seite.»

In der offenen Küchentür erscheinen Chuck und Marie. Ihre Gesichter drücken Besorgnis aus. «Was erwartet uns bei dieser Befragung? Sind wir irgendwie angeklagt oder so?», erkundigt sich Marie leise.

«Keine Sorge, das ist Routine. Vor einem halben Jahr ist hier eine Chinesin ertrunken. Das war eine größere Sache. Außer dass die Sicherheitsvorschriften nochmals erhöht wurden, ist jedoch nichts passiert. Jeder Teilnehmer unterschreibt ja den Haftungsausschluss. Es geht nur darum festzustellen, ob keine Fahrlässigkeit von eurer Seite ausgegangen ist», antwortet Drake ruhig.

«Aber ist es doch! Ich habe einen Moment nicht aufgepasst, hinter der Gruppe an der Kamera herumgefummelt und als ich mich wieder umgeschaut habe, war die gute Lady verschwunden!», meint Chuck und grinst süffisant.

«Jetzt hört mir mal gut zu.» Drake postiert sich vor die drei Gefährten und schaut sie nacheinander eindringlich an. «Das werdet ihr auf gar keinen Fall aussagen. Niemand kann verlangen, die Gruppe jede Sekunde im Auge zu behalten. Das sind keine Anfänger, sondern zertifizierte Taucher, die ein klares Briefing erhalten haben. Die Amerikanerin ist gegen die strikte Anweisung in die Höhle getaucht, wohl um später ein möglichst spektakuläres Selfie posten zu können. Selbst wenn du direkt hinter ihr gewesen wärst, hättest du es nicht verhindern können. Also reißt euch zusammen und reitet weder euch noch unsere Firma in die Scheiße. Habe ich mich klar ausgedrückt?»

Chuck und Marie nicken. Sam schmunzelt. Die Situation ist ihm nicht neu. In seiner Zeit als Manager waren oft zwei bis drei Anklagen gegen ihn hängig. Anfangs hatte ihm dies schlaflose Nächte bereitet, bis er begriffen hatte, dass es zum Spiel gehörte, und wenn man schön den Anweisungen der Anwälte folgte, verliefen sich die Dinge im Sand, auch wenn immer wieder neues, belastendes Material auftauchte. So war das. Wenn jemand Erfolg hat, wird er angeklagt und Erfolg stellt sich nur ein, wenn der maximale Spielraum ausgenutzt wird. Nur wurde damals nie jemand an Leib und Leben geschädigt. So gesehen, ist diese Situation hier neu für ihn, auch weil er keine Anwälte im Rücken hat. Er ist überzeugt, dass sie sich nichts vorzuwerfen haben.

«Marie muss nicht mit zur Polizei, da sie bei dem Tauchgang nicht dabei war. Ihre Aussage könnte aber vielleicht später noch erforderlich sein», erklärt Drake. Als sich die zwei Männer bereit machen, um zur Polizeiwache zu fahren, ruft Drake Sam zurück.

«Kann sein, dass ich was für dich habe. Wir haben eine Anfrage von unserer Schwesterfirma Lava Dive. Du weißt schon – die, welche die VIP-Touren mit den Schönen und Reichen macht, die sich nicht unters Fußvolk mischen wollen. Da hat offenbar jemand explizit nach dir verlangt.» Mit einem Augenzwinkern fügt er hinzu: «Eine brasilianische Schönheit mit ihrem Verlobten. Aber zuerst schauen wir, wie das Verhör läuft, okay?»

Sam nickt und geht nachdenklich die Treppe hinunter. Wer kann das sein? Woher wusste überhaupt jemand, dass er sich hier als Guide betätigt? Natürlich – er hatte ja auf Facebook stolz seinen neuen Job und Aufenthaltsort gepostet! Hmm – brasilianische Schönheit, da kennt er nur eine. Sie war vor ein paar Jahren seine Freundin und hätte ihn glatt geheiratet, aber er hat wegen der zwanzig Jahre Altersunterschied kalte Füße bekommen. Eine Entscheidung, die er noch heute manchmal bereut. Aber berühmt? Berühmt oder reich war Bruna nicht, als er sich von ihr getrennt hat.

Mit quietschenden Reifen brausen sie im zweiten Van davon. Sie müssen sich noch Hemd und Hose anziehen, um seriös daherzukommen, wenn sie ihre Aussage machen. Drake meinte, dass sie nicht in voller Tauchermontur erscheinen können, weil er zuvor versichert habe, dass sie vorerst freigestellt seien.

Drei

Sie parken ihr Auto am Hlemmur Square. Der Platz war früher der Handelsplatz vor den Toren der Stadt und ist heute ein Busbahnhof. Von dort aus kommt man in die Laugavegur Straße – der Name bedeutet in etwa „Waschweg", da er in Richtung der heißen Thermalquellen im Laugardalur Tal verläuft, wohin in früherer Zeit die Wäsche zum Waschen getragen wurde. Hier befindet sich die Polizeihauptwache; gleich dahinter beginnt die Einkaufsmeile von Reykjavik.

Sie stellen den Van auf einem der sündhaft teuren Parkplätze ab; für eine lange Suche bleibt keine Zeit mehr. Sie wollen keinesfalls zu spät zu der Befragung kommen und rennen ins Gebäude.

Sam atmet tief, um wieder zur Ruhe und zu Atem zu kommen. Hier und da öffnen sich Türen, Beamte kommen mit Akten unter dem Arm heraus, nicken ihnen freundlich zu und verschwinden wieder durch die grauen Türen in andere Räume. Der Gang ist hellgrau gestrichen. An den Wänden hängen die üblichen Plakate mit Informationen, wie man sich gegen Einbrecher schützen kann, obwohl Island doch fast kaum Kriminalität kennen soll. Sam setzt sich auf die an der Wand angebrachten Plastikschalenstühle und nickt Chuck zu. Dieser wird von einem Beamten, der sich ihnen grußlos zuwendet, nach einer kurzen Musterung der beiden vorgezogen.

Nach einer gefühlten Ewigkeit öffnet sich die Tür und ein Beamter führt den lässig lächelnden Chuck sanft an der Schulter in den Gang. Chuck nickt Sam zu und schlendert in Richtung Ausgang. «Ich muss eine rauchen und warte draußen auf dich», meint er in coolem Tonfall. Sam schaut ihm verdutzt nach. Er hebt die Augenbrauen. Ein betont unbeeindruckter, aber angespannter Chuck ist in das Büro hineingegangen und kommt fast arrogant lockerer Haltung wieder heraus. Was ist da drin vorgegangen? Er wird es gleich erfahren.

Der Beamte winkt und bedeutet ihm, dass er nun an der Reihe sei und ins Untersuchungszimmer kommen solle.

Sam setzt sich auf den Stuhl vor dem Pult, auf dem nur eine Flasche Wasser, ein Becher und ein Aufnahmegerät stehen. Außer dem Pult und den beiden Stühlen ist nichts sonst in dem Raum. Kein Bild an den Wänden, keine Regale – nichts. Die Fenster sind mit Lamellenrollos abgedeckt. Von draußen hört man gedämpft den Verkehr auf der Laugavegur.

«Jón Sigurdson», stellt sich der Beamte vor. Also der Sohn von Sigurd, denkt Sam, aber die isländische Namensgebung tut jetzt nichts zur Sache, er muss sich nun konzentrieren. Chucks unerwartete Gelassenheit lässt die Warnlampen in Sams Kopf aufleuchten. Was geht hier vor?

«Good morning, Sir, my name is Samuel Frei», stellt er sich unnötigerweise vor und streckt dem Beamten die Hand hin. Der ignoriert sie, erklärt Sam, dass das Gespräch aufgezeichnet werde und alles, was er sage, gegen ihn verwendet werden könne. Dann lächelt er Sam ein paar Sekunden an. Stille. Sam hält das Schweigen aus und wartet.

«Was führt Sie in unser Land, Mr. Frei?», beginnt Sigurdson nach einer Weile das Verhör.

Sam stutzt einen Moment und antwortet: «Ich verdiene mir meinen Lebensunterhalt als Tauchguide bei Silfra Dive und hoffe, daneben etwas von Ihrem wunderschönen Land sehen zu können und die Menschen ein wenig kennenzulernen.»

Der Beamte nickt und lächelt. Nachdem er Sam mit durchdringenden Blicken eine Weile mustert, meint er: «Wir haben uns ein wenig über Sie erkundigt, Mr. Frei. Sie sind Topmanager oder sind es zumindest gewesen. Dann haben wir noch eine Aktennotiz von den Kollegen aus der Schweiz erhalten. Es gab vor acht Jahren eine Anklage wegen Körperverletzung und Freiheitsberaubung. Allerdings kam es nie zu einer Verhandlung. Sie konnten die Sache mit einem Vergleich beilegen.» Seine Stimme ist ruhig, fast leise, trotzdem hört Sam den schneidenden Unterton.

Stille. Sam schluckt. Sein Mund ist trocken und er spürt, wie sich sein Körper steif aufrichtet. Die Sache scheint härter abzulaufen, als er es sich vorgestellt hatte.

Er erinnert sich an die C-Level-Regeln. Als CEO, Chief Executive Officer – der oberste Chef in einem Unternehmen, was er selber vor kurzem noch gewesen ist – kann man sich nur auf seine Intuition verlassen und sein Gegenüber mit höchster Aufmerksamkeit und allen Sinnen wahrnehmen. Kein Mensch sagt einem die Wahrheit oder was er wirklich denkt. Es wird geschönt, verschwiegen und geschleimt. Führungsqualitäten sind gar nicht das Entscheidende in dem Job. Es ist die Fähigkeit, Informationen zu filtern, sein Gegenüber einzuschätzen und weitere Informationen zu beschaffen, um eine

Sache beurteilen zu können. Sam achtete mehr darauf, wie etwas gesagt wurde, als was. Er gab seinem Gegenüber jeweils zu verstehen, dass er das Spiel durchschaute und es noch genau eine Chance gab, ernst genommen zu werden, sonst würde das Gespräch sehr bald enden und mit der Glaubwürdigkeit wäre es ein für alle Mal vorbei. Es gab wenige in seinem Berufsleben, die diese Botschaft verstanden hatten. Er versteht deshalb Sigurdson glasklar – Klartext ist gefragt.

«Die Sache ist lange her und hat mit dem Grund für unser Gespräch nichts zu tun», beginnt Sam. «Das entscheiden nicht Sie», folgt prompt die Antwort des Beamten.

«Okay – für das Protokoll», sagt Sam überdeutlich, beugt sich demonstrativ zum Mikrofon und spricht direkt hinein.

«Ich bin ein Aussteiger, habe vor fünf Jahren meine Tauchlehrerausbildung abgeschlossen und bin hierher nach Island gekommen, um eine Auszeit zu nehmen. Auf den Verdienst bin ich nicht angewiesen, was meine Chefs und die Kollegen hier nicht wissen. Und – ja, ich hatte vor acht Jahren eine heftige Auseinandersetzung mit meiner zweiten Frau. Wir waren nur sechs Monate verheiratet. Ich war verblendet und dachte, ich hätte die große Liebe gefunden. Als ich herausfand, dass sie nur mit meinem Geld prasste, kam es zum Streit. Ich knallte ihr eine und sperrte sie ins Schlafzimmer ein, um in Ruhe meine Sachen packen zu können. Was ich nicht wusste, war, dass Freiheitsberaubung ein Offizialdelikt ist. Als meine Exfrau die Klage wegen Körperverletzung nach einem großzügigen Schmerzensgeld zurückzog, erbarmte sich auch der Staatsanwalt, aber seine Meinung ist noch immer in meiner Akte vermerkt. Ich wurde allerdings nie verurteilt, auch wenn ich weder stolz auf die Sache bin noch gerne daran erinnert werde, Sir!»

Sam schaut vom Mikrofon auf und hält Blickkontakt zu dem Beamten, der nun bequem seinen massigen Körper im Stuhl zurücklehnt und die Hände hinter dem Kopf verschränkt hält.

«Na, also – geht doch», meint er und beugt sich Sam entgegen. «Dann können wir ja jetzt die Spielchen lassen und zum eigentlichen Grund kommen: ihrem fahrlässigen Verhalten gegenüber einer Ihr anvertrauten Kundin. Ihre Vorgeschichte zeigt mir, dass sie offenbar ein Aggressionsverhalten unter Stress zeigen und Ihre Impulskontrolle dann nicht mehr funktioniert.»

Sam stockt der Atem. Was soll das? Was will man ihm hier anhängen! Fehlende Impulskontrolle? So ein Scheiß! Und hat dieser Typ etwa Chuck dazu gebracht, ihn zu belasten? Ist Chuck deshalb so locker herausgekommen?

Wenn überhaupt, sind sie beide fahrlässig gewesen und hatten ihre Tauchgäste nicht jede Sekunde im Auge, auch wenn er als Leader die oberste Verantwortung hatte und hätte prüfen müssen, ob Chuck seinen Job richtig machte. Und natürlich hat er in der Stresssituation nicht die Risiken abgewogen, sondern ist einfach seinem Impuls gefolgt.

Sam schaut auf die hochgezogenen Augenbrauen des Beamten.

«Worüber denken Sie nach, Mr. Frei?», fragt Sigurdson, lehnt sich wieder zurück und faltet die Hände im Nacken.

«Nichts, ich bin nur erstaunt, hier offenbar angeklagt zu sein. Ich bin mir keiner Schuld bewusst», erwidert Sam.

«Dann erzählen Sie doch einfach von Anfang an, was sich zugetragen hat. By the way, das Unfallopfer ...», Sigurdson blättert in seinen Akten. «Ah, hier: Pamela Meyers. Sie ist wohlauf und hat bereits ihre Aussage gemacht. Sie hat auch auf eine mögliche Klage wegen fahrlässiger Körperverletzung oder Schmerzensgeld verzichtet. Eine Amerikanerin. Sie sind ein Glückspilz, Mr. Frei! Trotzdem ist es unsere Aufgabe festzustellen, ob es ein Vergehen gab und ob sie ihre Berufstaucherlizenz der isländischen Behörden behalten können. Alles klar?»

Sigurdson schaut Sam mit festem Blick in die Augen, halb in seinem Sessel liegend und mit dem Fuß wippend.

Sam nickt und seine Schultern senken sich langsam wieder. Das ist schon mal eine gute Nachricht. Eine Klage hätte ihm gerade noch gefehlt, selbst wenn er das Geld und die Anwälte hätte, um sich zu verteidigen. Gegen einen amerikanischen Anwalt war ein Verfahren kein Spaß. Womöglich hätte der noch geklagt, weil er vergessen hat, ausdrücklich darauf hinzuweisen, dass man sich beim Tauchen auch einen Fingernagel abbrechen könne und allein dafür tausende Dollars verlangt.

Sam lehnt sich nun auch zurück und entspannt sich. «Lassen Sie mich Ihnen die Geschichte genau berichten. Sie hat sich wie ein Film in mein Gedächtnis eingebrannt.»

«Na dann, Film ab», meint Sigurdson lakonisch.

Sam schließt die Augen, atmet tief ein und wieder aus und versucht, sich innerlich zurückzuversetzen an den Tag, als der Tauchgang mit den amerikanischen Gästen anstand. Dann beginnt er, mit geschlossenen Augen ruhig zu erzählen ...

«Chuck, Marie und ich erklären den drei Amis den Ablauf. Wir nehmen die Personalien auf, erklären das Formular mit der Erläuterung der Risiken, der eigenen Verantwortung und dem Haftungsausschluss von Silfra Scuba und lassen es unterschreiben. Wir prüfen die Lizenz zum Trockentauchen, versehen alle mit der Ausrüstung und helfen beim Montieren der Tauchflaschen, den Atemreglern und der Tarierwesten.

Chuck übernimmt das Briefing, erklärt alles und weist ausdrücklich auf die „Don'ts" hin – auch dass es „absolutely" verboten und zu gefährlich ist, in die Höhlen zu tauchen, die von den Wänden des Unterwasser-Canyons in die Tiefe führen. Ich führe die Gruppe an und Chuck nimmt den Platz hinter der Gruppe ein, um alle im Auge behalten.

Marie hat die Rolle der Unterstützung an der Oberfläche, das heißt, sie assistiert beim Anziehen der Ausrüstung und dem Einstieg in den Canyon. Am Ende der Tauchgänge hilft sie beim Ausstieg, sodass alle wieder unbeschadet aus dem Wasser und zum Parkplatz gelangen. Bis zum Einstieg läuft an diesem Tag alles normal.»

Sam blinzelt kurz, um zu sehen ob Sigurdson ihm noch zuhört. Der nickt aufmunternd. Er schließt wieder die Augen und lässt den inneren Film weiterlaufen.

«Ich prüfe bei dem Pärchen, einem Mittfünfziger von gut hundertfünfzig Kilo Lebendgewicht und seiner nicht weniger beleibten Freundin, die Tarierung, ob sie genügend Blei tragen, um den Auftrieb der Anzüge auszugleichen und abtauchen zu können, aber auch, ob nicht zu viel Blei angehängt ist, damit sie nicht sinken wie Steine. Chuck übernimmt die Tarierprüfung bei der dritten Taucherin, Pamela, eine gertenschlanke, hübsche Amerikanerin asiatischer Abstammung. Marie hatte kurz zuvor die Augen verdreht, als Chuck bestimmt hatte, dass ich mich um die beiden gut genährten Gäste kümmern sollte, während er der mandeläugigen Pamela helfen würde.

Während das Paar schnaubend, aber ohne Probleme mit den gut vierzig Kilo Ausrüstung die rund hundert Meter vom Parkplatz, wo wir alles auf Tischen zusammengestellt hatten, zum Einstieg stapft, darf Chuck den Tauchtank von Pamela zusätzlich zu seiner eigenen Ausstattung schleppen. Pamela schafft es nicht, die Ausrüstung, die fast so viel wiegt wie sie selbst, bis zum Einstieg zu tragen. Ich schaue Chuck beim Schleppen zu und kann mir ein Grinsen nicht verkneifen. Schließlich war er ganz erpicht darauf, sich um Pamela zu kümmern.

Für einen kurzen Moment meine ich, ein eifersüchtiges Blitzen in Maries Augen zu sehen. Dann geht sie, statt Chuck zu helfen, schon mal voraus zur Einstiegsstelle. Chuck, ganz der Macho, bittet sie nicht um Hilfe, sondern folgt der Gruppe als Letzter – schnaubend und mit hochrotem Kopf. Ich frage mich, ob die beiden eine offene Rechnung miteinander haben.»

Ganz bewusst erzählt Sam ganz freimütig auch die Internas seines Taucherteams, um möglichst ehrlich und authentisch zu wirken. Er räuspert sich, blinzelt kurz, um zu sehen, ob Sigurdson zuhört. Der liegt immer noch in seinem Stuhl, mit den Händen hinter dem Kopf verschränkt, und blickt zur Decke. Sam fährt fort ... «Nach den Tarierungs- und Ausrüstungschecks tauchen wir ab und machen uns in rund zehn Metern Tiefe auf den Weg. Der erste Abschnitt ist rund hundert Meter lang, bevor wir über eine flache Stelle in den zweiten kommen. Das Licht ist unbeschreiblich an diesem Tag. Die Spalte schimmert in unzähligen flirrenden silbergrauen und blauen Schattierungen. Die Sonne bricht durch die Wolken und taucht den Canyon in gleißendes Licht. Das Wasser ist zwei Grad Celsius kalt und so unglaublich rein, dass wir das Gefühl haben, durch flüssiges Glas zu tauchen.

Chuck und ich schießen die obligaten Fotos von den schroffen, senkrechten Felswänden und den Tauchern, selbstverständlich auch eines von der engsten Stelle des Canyons, wo die Taucher mit ausgestreckten Armen je einen Kontinent berühren. Nichts Ungewöhnliches also – alles ist wie immer. Die Tauchgäste erweisen sich als recht geschickt und haben offenbar einige Erfahrungen mit dem Tauchen in eiskaltem Wasser und in sperrigen Trockentauchanzügen. Sie steigen weder unkontrolliert zur Oberfläche noch taumeln sie beim Hantieren an der Ausrüstung oder stoßen an die Felsen.

Ich bin zufrieden, entspanne mich und drehe mich nicht mehr alle paar Meter nach meinen Schützlingen um. Schließlich passt auch Chuck hinten auf.

Plötzlich höre ich das hektische Klopfen von Metall an einen Tauchtank. Um mich möglichst schnell umzusehen, beuge ich mich nach vorn, schaue zwischen den Beinen hindurch hinter mich und sehe Chuck mit der Lampe an seinen Tank schlagen und in eine Höhlenöffnung deuten. Das rundliche Pärchen schwebt wie zwei Sattelrobben neben mir, aber Pamela ist verschwunden. Sofort gehe ich in

Habachtstellung, auch wenn ich weiß, dass sich verlorene Taucher, wenn sie erfahren sind, in ein paar Sekunden wiederfinden. Ich schaue zuerst zur Oberfläche, aber da ist sie nicht. Shit! Das Wasser ist so klar, dass ich Pamela auch auf Distanz sofort sehen müsste, außer sie ist hinter einem Felsen verborgen, aber dann müsste ich zumindest ihre Atemluftblasen sehen.

Ich weise die beiden „Robben" per Handzeichen an zu warten, und schwimme mit ein paar kräftigen Flossenschlägen zu Chuck. Der deutet zum Eingang einer Höhle, die in steilem Winkel aus der Wand nach unten führt, und zeichnet ein Fragezeichen ins Wasser. Ich führe meine Zeigefinger zusammen und deute nacheinander auf das Paar, auf Chuck, auf mich und dann auf den Höhleneingang, um ihm zu vermitteln, dass ich gedenke, kurzerhand in die Höhle zu schwimmen, um nach Pamela zu sehen.

Chuck verneint als Antwort mit einem Winken des Zeigefingers. Die Höhlen sind extrem instabil und gefährlich, doch ich bin der Leader der Gruppe und verantwortlich, dass alle wieder heil aus dem Wasser kommen.

Ich ignoriere Chucks Handzeichen, blicke in den großen Eingang der Höhle und schwimme hinein. Schon nach ein paar Metern ist es stockfinster um mich herum und ich schalte meine Lampe an. Nach weiteren wenigen Metern entdecke ich Pamelas Umrisse. Die Sicht ist getrübt durch die aufgewirbelten Sedimente. Da ist sie – zum Glück! Ich bin erleichtert und gleichzeitig wütend, dass sie offenbar unseren Anweisungen nicht gefolgt ist. Doch dann erkenne ich, wie sie in einem Wirbel von Atemluftblasen zappelnd und offenbar in heller Panik versucht, in einer nach oben gerichteten Ausstülpung einen Ausgang zu finden. Ich weiß, dass sie sich in ihrer Angst an mich klammern wird, wenn sie mich sieht, und wir beide das Tageslicht vermutlich nie wiedersehen, denn ein Klammergerangel in dieser Lage ist hochgradig lebensgefährlich.

Ich steige nach oben und greife von hinten nach Pamelas Tauchtank, um sie rückwärts aus dem Eingang zu ziehen. Die Überraschung gelingt. Ein paar Meter lässt sich die Lady ziehen, bis sie wieder zu zappeln beginnt und unbedingt wieder zu dem vermeintlichen Ausgang zurück will.

Ich drehe sie, drücke sie an mich, sodass unsere Tauchermasken aneinander liegen. Im fahlen Licht meiner Lampe sehe ich ihre weit aufgerissenen Augen. Mir wird sofort klar, dass es für beruhigende Gesten und Blicke zu spät ist. Ihr Gehirn operiert im Instinktmodus. Dann passiert alles blitzschnell und ich komme nicht dazu zu reagieren. Pamela geht zum Angriff über und versucht, wie befürchtet, sich an mich zu klammern wie an eine Rettungsboje. Dabei reißt sie mir die Maske vom Gesicht, zerrt an den Schläuchen, aber ich beiße fest auf das Mundstück meines Atemreglers und stoße sie von mir. Ohne nachzudenken und nun selber der Todesfurcht nahe, tauche ich blitzschnell unter ihr hindurch und fasse mit der rechten Hand nach ihrem Tank.»

Sam hat sich, während er erzählte, in seinem Stuhl aufgerichtet, ist nun ganz im Geschehen seiner Erzählung und berichtet, als wäre er gerade mittendrin, mit der panischen Pamela an ihn geklammert und mit ihm kämpfend. Sigurdson lauscht gebannt, immer noch seinen Blick an der Decke fixiert, Sams Ausführungen.

«Ich ziehe mich, mit Pamela im Schlepptau, mit der Linken an den Felsspalten in Richtung Ausgang. Ich will nichts als sofort hier raus, Pamela und mich nach oben retten. Ich atme tief ein und aus, versuche die Kontrolle zu behalten und sehe ohne Maske alles nur sehr verschwommen, aber der Lichtschimmer des Höhleneingangs weist mir den Weg. Ruhig bleiben. Konzentrieren. Ich schaffe das.

Ich taste mit der freien Hand der Höhlenwand entlang, greife in Spalten, ziehe uns vorwärts und taste nach der nächsten Spalte. Ich spüre, wie sich die Felsbrocken der Höhlenwand bewegen wie lose Zähne im Gebiss eines Greisen. Der Weg kommt mir endlos lang vor. Ich habe Atemnot und wiederhole in Gedanken das antrainierte Mantra: Einatmen: Duuuu kaaaaannst das – Ausatmen: Duuuu bist ein Proooofi – Einatmen: Duuuu kaaaaannst das ...

Kurz vor dem Ausgang bleiben wir plötzlich stecken. Etwas scheint uns festzuhalten. Ich taste mich an der zappelnden Pamela entlang. Die ganze Zeit strampelt sie wie wild und versucht, irgendetwas zu fassen zu bekommen. Vielleicht hält sie sich an einem Felsen fest. Doch dann sehe ich verschwommen das rote Halteband ihrer Gopro-Kamera an ihrem Handgelenk. Das Band hängt an einer Spalte und Pamela zerrt daran, so fest sie kann. Die Kamera scheint sich verklemmt zu haben und hält uns fest wie ein Kletterhaken.

Ich reiße mit der rechten Hand an der Schlaufe und schramme mit der linken zwischen ihrem Tauchtank und der Höhlendecke entlang. Pamela zappelt immer stärker, doch dann bekomme ich mit einem Ruck ihren Arm frei. Sie schlägt wie besessen mit den Flossen, knallt mit dem Tank an die Höhlendecke und reißt dabei meinen Handschuh aus der Fassung am Ärmel. Augenblicklich schießt das eiskalte Wasser durch den offenen Ärmel in meinen

Anzug. In Sekunden steht mir das Wasser bis zur Brust. Die Kälte schnürt mir die Luft ab. Ich weiß, ich habe zwei Minuten, bis ich das Bewusstsein verliere und werde angesichts der prekären Lage plötzlich ganz ruhig. Ich funktioniere wie ein programmierter Automat und reiße entschlossen an Pamelas Beinen, um sie aus der Höhle zu ziehen. Dabei knallt sie mit dem Kopf an die Höhlendecke. Wie bei einer Tanzpuppe, der die Batterie herausspringt, stoppen ihre Bewegungen und sie hängt wie eingefroren vor mir. Ich schaffe die letzten Meter, sehe die helle Oberfläche des Wassers, ziehe Pamela an mich. Ich bin absolut gegenwärtig und presse mein Knie mit aller Kraft in ihre Magengrube, um die Luft aus ihren Lungen zu pressen, denn ich weiß, bei einem schnellen Aufstieg aus zehn Metern wird sich die Luft in ihrer Lunge um das Doppelte ausdehnen und mit geschlossenen Atemwegen werden ihre Lungen platzen wie Ballons – also öffne ich sie durch das Auspressen.

Alles, was ich über das Tauchen, seine Gefahren und Notaktionen gelernt und über Jahre an Erfahrung gesammelt habe, ist in mir parat; es handelt wie von selbst aus mir heraus. Mein Körper reagiert bereits und es flimmert vor meinen Augen, aber mein Verstand erweist sich als verlässlich und lässt mich die nötigen Handlungen ausführen.

Ich sehe verschwommen die Blasen aus ihrem Mund sprudeln und drücke auf den Inflatorknopf, um ihre Tarierweste voll aufzupumpen. Für Sekunden bleiben wir wie festgehalten auf der Stelle, bis der enorme Auftrieb der Weste wirkt, wir rasend schnell nach oben steigen und in einem Wirbel von Blasen durch die Wasseroberfläche schießen.

Sofort spucke ich den Atemregler aus und sauge gierig die Luft in meine Lungen. Ein paar keuchende Atemzüge und die glühenden Punkte vor meinen Augen verschwinden. Ich drücke auf den Luftknopf meines Anzugs, um ihn aufzublasen und wenigstens meine Brust von der Kälte zu befreien, aber das Wasser wird dadurch nur über meine Schultern gedrückt.

Ich halte mich an Pamela fest, die neben mir auf dem Rücken treibt, versuche sie zu beatmen, aber es reicht kaum für ein sanftes Pusten. Ich bin am Ende meiner Kraft und spüre, wie ich Pamela loslasse. Bilder aus meiner Kindheit tauchen vor mir auf. Ich sehe mich lachend auf einem Karussell. Es wird ganz still um mich herum, höre nur meine pfeifenden, gepressten Atemzüge. Die Kälte ist verschwunden und ich fühle mich unendlich müde.»

Sam sackt in seinem Stuhl zusammen wie von der bleiernen Müdigkeit gepackt, von der er gerade erzählt. Sigurdson hat sich inzwischen, mit den

Ellenbogen auf den Tisch und den Händen unter dem Kinn, vorgebeugt und lauscht gespannt Sams Ausführungen, als schaue er einen packenden Film. Da hat Sam ihm nicht zu viel versprochen – er erzählt tatsächlich, als würde es sich um einen spannenden Actionthriller handeln. Doch das merkt Sam in diesem Moment nicht, er geht völlig auf in seiner Geschichte ...

«Plötzlich schießt Chuck neben mir durch die Oberfläche, gefolgt von den zwei „Robben". Ich höre wie durch einen Nebel, wie Chuck mit seiner Trillerpfeife Alarm schlägt. Ich drehe mich mühsam zur Seite und sehe, wie er mit der bewusstlosen Pamela im Schlepptau in Richtung des Übergangs in die Lagune schwimmt. Bis dahin müssen sie es schaffen – vorher gibt es keine Ausstiegsmöglichkeit aus dem Canyon.

Ich beginne mit letzter Kraft, den beiden rücklings nachzupaddeln. Meine Beine bewegen die Flossen wie durch zähen Morast. Hinter mir ahne ich das Pärchen – sie müssen allein zurechtkommen. Es sind nur fünfzig Meter bis zum Ausstieg, doch der Weg kommt mir unendlich lang vor. Guides von anderen Gruppen kommen mir mit spritzenden Flossenschlägen entgegen.

Ich werde von Händen gepackt, kann kaum mehr atmen. Meine Beine scheinen nicht mehr zu existieren. Hände und Arme fühlen sich an wie in Stahlpressen eingeklemmt. Auf meiner Brust scheint ein tonnenschwerer Eisklotz zu liegen. Ich schaue in den fahlen Himmel, sehe die Wolkenfetzen über den See ziehen, und es beginnt alles um mich herum weiß zu werden.

Jemand hämmert auf meine Brust und schreit meinen Namen. Hände ziehen und zerren an mir, um mich aus dem Anzug zu bekommen. Ich versuche, zu helfen, aber mein Körper gehorcht mir nicht – ich spüre ihn nicht einmal. Lediglich mein Kopf und ein Teil meines Brustkorbs scheinen noch am Leben zu sein.

Wie ein sterbender Delfin werde ich in eine Trage gelegt, hochgehoben und im Eilschritt weggetragen. Im Van höre ich Chuck schreien: „Keine Wärme an seine Extremitäten! Wenn das Blut in die kalten Glieder und zurück zum Herzen strömt, wird sein Herz aussetzen. Nur die Brust wärmen!"

Die mit heißem Wasser getränkten Tücher auf meiner Brust bereiten mir höllische Schmerzen. Es fühlt sich an, als würde ein fetter Fakir auf mir sitzen wie auf seinem Nagelbrett, bloß mit den Nägeln nach unten. Bei jedem Atemzug ist mir, als würde meine Haut mit Kneifzangen gepackt und von den

Rippen gezogen. Mein Atem geht stoßweise. Ich fühle meinen Puls sehr langsam, aber hart an meinem Hals pochen, dann wird er immer schneller und schneller, rast. Mir kommt mein erstes Auto in den Sinn: Mein Herz fühlt sich an, wie der alte Vergasermotor, wenn ich ihn im Winter frühmorgens startete und er nur langsam klopfend in Gang kam.

Dann beginnt das Zittern. Wie unter Stromstößen schüttelt es mich so, dass mein Körper auf dem Boden des Vans herumwandert wie ein Fisch auf dem Trockenen. Ich kann nicht sprechen, bringe kein verständliches Wort über meine Lippen. Nach schier endlosen Minuten beruhigt sich mein Körper und es gelingt mir, stammelnd nach der Amerikanerin zu fragen. Chuck streicht mir über das Gesicht und nickt: „Ja, verdammt – sie lebt und das hat sie nur dir zu verdanken, you dammned crazy Swiss! Es geht ihr viel besser als dir. Nur eine Beule am Kopf und geschockt – die doofe Kuh. Beinahe hätte sie sich und dich umgebracht."

Eine halbe Stunde später sitze ich, in Decken gehüllt und mit einer heißen Schokolade in den immer noch zitternden Händen auf dem Packtisch und schaue zu, wie der Rettungshelikopter Pamela, diese hübsche, aber kopflose Amerikanerin, auflädt und mitnimmt. Nur ganz langsam beginne ich zu begreifen, was passiert ist, wie viel Glück wir gehabt haben! Ich bin wütend, stolz, dankbar und geschockt zugleich. Im Sekundentakt wechseln die Gefühle und ich sitze, wie von einer Käseglocke abgetrennt von der Welt rund um mich herum, auf dem Tisch und versuche, mich zusammenzureißen. Mir ist zum Schreien, zum Lachen und zum Weinen zugleich.

Der Notfallarzt hatte vor dem Abflug des Helikopters meinen Kreislauf geprüft und befunden, dass ich nicht mit muss. Allerdings soll ich mich in Reykjavik in die Klinik für einen All-round-Check-up melden. Müde nehme ich wahr, dass sich die „Sattelrobben" umgezogen haben und sich neben mich setzen. Ich höre mir die Lobreden und meine Ernennung zum Helden geduldig an, ertrage das Schulterklopfen. Ich bin froh, als die beiden, nochmals darauf bestehend, meine Hände zu schütteln und ein Selfie mit mir zu schießen, endlich von dannen ziehen. Sie verabschieden sich mit Umarmungen von Chuck und drücken ihm hundert Dollar in die Hand, die er triumphierend Marie und mir unter die Nase hält. Marie umarmt mich und reibt meine immer noch zuckenden Schultern.

„Das sind die Nerven, die noch zucken, wie bei einem Kabeljau auf Deck", meine ich zähneklappernd und Marie küsst liebevoll meine Stirn. Mich durchfährt ein Kribbeln. Anscheinend steckt doch noch Leben in mir.

Chuck kommt zum Packtisch und die GoPro baumelt wie eine Trophäe aus seiner Hand. Die Guides haben die Kamera gefunden. „Könnte ziemlich wichtig werden. Du weißt, die Amis verklagen jeden! Dieses Ding wird beweisen, was passiert ist ...", meint er und hilft mir beim Aufstehen. Es wird Zeit, in die Klinik zu fahren zum Check-up.

***

Sam öffnet die Augen, keucht und spürt die Gänsehaut an seinen Armen. Gerade hat er das Drama nochmals durchlebt und weiß nicht, was er alles preisgegeben hat. Er fühlt sich erschöpft und nimmt dankbar den Becher Wasser vom Tisch, den ihm Sigurdson zugeschoben hat.

Er wird sich bewusst, dass er den Hergang der glimpflich abgelaufenen Tragödie mitsamt aller Emotionen ungefiltert wiedergegeben hat, doch die Rückschau war so intensiv, dass er nicht darüber nachdenken konnte, was er offenbaren soll, was unwichtig ist und was den Beamten nichts angeht. Prüfend schaut er in Sigurdsons stoische Miene.

«Gratulation!», meint der nach einer Weile. «Ihre Ausführungen decken sich mit den Aussagen Ihres Kollegen und denen von Pamela Meyers.»

«Und was heißt das jetzt?», erwidert Sam.

«Dass ich den Fall abschließen kann. Ich hatte auch nichts anderes erwartet. Sie können gehen.» Sigurdson erhebt sich federnd aus seinem Stuhl, ohne die Miene seines Wikingergesichts zu verziehen.

«Noch ein Rat: Kommen Sie beim nächsten Mal mit unseren Behörden besser gleich zur Sache″, meint er ernst, dann sanfter und mit einem schwachen Grinsen: «Schauen Sie, dass es kein nächstes Mal gibt. Und danke für Ihre Offenheit. Beeindruckend – Sie sind wirklich ein Tauchprofi», fügt er anerkennend hinzu und führt Sam an der Schulter zur Tür. Im Gang nickt Sam stumm und streckt ihm ausdruckslos seine Hand hin. Dieses Mal wird sie von Sigurdson gedrückt, begleitet von einem wohlwollenden Lächeln.

Draußen trifft Sam Chuck, der, kaum hat er ihn erblickt, auf ihn zustürmt, seine Schultern klopft und ihm seine Zigarette anbietet. Sam nimmt einen tiefen Zug. Chuck schaut ihn fragend an. «Gut gelaufen! Es scheint, wir sind raus», meint Sam.

«Yesss!», pflichtet ihm Chuck bei, ballt die rechte Hand zur Faust und zieht damit eine Siegergeste, gefolgt von einem seiner blökenden Lacher. «Hast Du etwa was anderes erwartet?»

Chuck fährt Sam zur Klinik. Ohne den Check-up wird Drake ihn nicht mehr tauchen lassen. Sam lässt die Untersuchung über sich ergehen. Kein Befund. Er solle sich aber noch ein paar Tage schonen, meint der Arzt. In seinem Alter seien die Belastungen für sein Herz bei einer Unterkühlung nicht zu unterschätzen. Erleichtert schlendert Sam zum Parkplatz, wo Chuck im Van auf ihn wartet.

«Let's go, old man», zwinkert er ihm zu.

Sam boxt seine Schulter und grinst: «Noch einmal nennst du mich alten Mann und ich zeige dir, wie alt ich bin.»

«Lass gut sein – ich habe gesehen, wie fit du bist», erwidert Chuck anerkennend. «Du könntest mein Dad sein, aber der würde es kaum schaffen in der Ausrüstung auch nur stehenzubleiben, geschweige denn, in dem kalten Wasser jemanden aus einer Höhle zu ziehen. Respekt!» Chuck schaut Sam freundschaftlich an.

Sie brausen durch die Stadt zu Domino, einem Schnellimbiss gleich bei V18, um sich eine Pizza zu genehmigen. Als er den letzten Bissen der fettigen Calzone mit Coke Zero herunterspült, summt Sams Handy. Er steht auf, streckt sich in der Sonne, hebt die leere Pizzaschachtel vom Randstein auf, wo die beiden ihr Festmahl verschlungen haben, um sie in die Tonne zu schmeißen, und drückt endlich das Handy fest an sein Ohr.

«Okay, ich bin in fünfzehn Minuten da.» Er strahlt übers ganze Gesicht und Chuck schaut ihn erwartungsvoll an. «Ich habe einen Auftrag bei Lava Dive für heute Nachmittag. Eine hübsche Brasilianerin hat darauf bestanden, mit ihrem Verlobten und ausdrücklich MIR in der Silfra zu schnorcheln.»

«Lucky bastard!», stöhnt Chuck mit vollem Mund und streicht die langen Strähnen aus seinem Gesicht.

«Let's go. Wir sind zurück im Geschäft!», fordert ihn Sam fröhlich mit dem Schlüssel winkend auf, ihm zum Wagen zu folgen.

Die beiden hüpfen, mit den Armen über den Schultern eingehängt, tänzelnd und lachend zu ihrem Van.

Möwen ziehen kreischend über sie hinweg und hinter den Glasscheiben des Pizza-Schnellimbiss' deuten ihnen Hände nach. Köpfe stecken sich tuschelnd zusammen und anerkennende, staunende Gesichter zeugen davon, dass die Geschichte des „Tageshelden von Silfra" bereits im Klatsch und Tratsch der Stadt sein Plätzchen gefunden hat.

Vier

Sam schließt die Seitentür des Helikopters und setzt sich den Kopfhörer auf. Hinter ihm sitzen Bruna und Pedro händchenhaltend und turteln über das Intercom. Sam räuspert sich: «Genießt den Flug! Island ist wunderschön und geht jedem unter die Haut. Auch wenn der Flug vielleicht durch den stetigen Wind etwas ruppig sein kann.» Er hofft, den beiden damit klargemacht zu haben, dass alles, was ins Mikrofon gesprochen wird, in der ganzen Kabine hörbar ist, und fängt sich ein Augenrollen des Piloten ein, weil das eigentlich sein Part gewesen wäre.

Der Jetranger hebt sich ganz langsam vom Inlandflughafen Isavia, dreht in Windrichtung und der Pilot zieht ihn in sichere Höhe. Wie Sam vorausgeahnt hat, schwankt die Maschine in den Böen, bevor sie Geschwindigkeit aufnimmt und über der Stadt Kurs auf den Þingvellir Nationalpark nimmt.

***

Sam hatte die beiden kurz zuvor im noblen Office von Lava Dive begrüßt.

Es war tatsächlich Bruna, seine ehemalige Geliebte, die da mit ihrem Verlobten Pedro auf den breiten Ledersesseln auf ihn wartete.

Zuerst hatte er ein mulmiges Gefühl. Bilder leidenschaftlicher Liebesnächte in Rio tauchten in ihm auf. Schweißnasse Haut in tropischen Nächten, verschwiegene Hotelzimmer, in die sie an den Wochenenden geflüchtet waren, in denen sie viel getrunken, viel geredet hatten, über Philosophie und den Sinn des Lebens, um dann wieder voller Lust übereinander herzufallen. Bruna war sehr verliebt gewesen. Sie war intelligent, hatte Genetik studiert, sprach fünf Sprachen und gehörte zur Mittelklasse. Bruna war nicht mit ihm zusammen gewesen, um sich einen Schweizer Pass zu ergattern. Sie hatte ihn geliebt, ihn ihren Eltern vorstellen und heiraten wollen. Sam hatte sich geschmeichelt gefühlt, ihre Jugend, ihre Intelligenz und ihren umwerfenden Körper genossen. Er war sehr stolz gewesen, wenn er mit dieser bezaubernden, charmanten, zwanzig Jahre jüngeren Schönheit am Strand entlangflanierte.

Doch immer wieder hatte er sich vorgestellt, wie sie fünfzig und er schon siebzig sein würde. Ihm hatte schlicht der Mut gefehlt, sich fest zu binden. Bruna war damals am Boden zerstört gewesen. Sam war nicht müde geworden, ihr zu versichern, dass sie einen Mann finden würde, der zu ihr passte, was sie wenig getröstet und wütend gemacht hatte. Sie hatte immer wieder versucht zu erklären, dass der Altersunterschied überhaupt kein Problem für sie wäre und es nie sein würde. Auch Kinder hätte sie nie haben wollen, schon bevor sie ihn kennengelernt hätte. Er sollte sich nicht so aufspielen. Er wäre zwar zwanzig Jahre älter als sie, aber sie könnte sehr wohl selber für sich und ihr Leben entscheiden. Sam hatte sich daran erinnert, wie er selbst mit dreißig die Welt gesehen hatte und zu wissen geglaubt, dass sich ihre Sichtweise ändern würde. Im Grunde hatte er jedoch einfach nur Angst gehabt, sich wieder auf eine Beziehung einzulassen, und zwar gerade, weil er Bruna geliebt und verehrt hatte. Er hatte sich selber nicht mehr über den Weg getraut nach zwei gescheiterten Ehen. Die hatten ihn, neben dem finanziellen Desaster, jeweils auch emotional völlig aus der Bahn geworfen. Die Wahrheit war, dass er sich nicht getraut, hinter dem Altersunterschied versteckt, den Uneigennützigen gespielt hatte, welcher der Frau, die er liebte, „etwas Besseres" und einen jüngeren Mann gewünscht hätte. Ein paar Monate später hatte er seinen Entscheid bereut und versucht, wieder mit Bruna in Kontakt zu kommen, aber sie hatte nicht mehr auf seine Anrufe geantwortet. Seit vier Jahren hat er nichts mehr von ihr gehört – und hier war sie nun mit ihrem Auserwählten.

Bruna ist immer noch gertenschlank, fast mager und ohne ihren vergrößerten Busen hätte sie wohl fast androgyn gewirkt mit ihrer knabenhaften Figur. Sie steckte beim Wiedersehen in Lava Dive in einem grünen Overall, den sie soweit aufgeknöpft ließ, dass ihr „Stolz", ihre vollen Brüste, gebührend zur Geltung kommen konnte.

Sie sprang vom Sessel auf, drückte sich fest an Sam und küsste ihn sanft auf den Mund. Er sperrte sich und ließ seine Hände in den Hosentaschen. Es war ihm peinlich und er linste zu ihrem Verlobten. Immer noch an ihn gedrückt, sah ihn Bruna mit ihren haselnussbraunen Augen an, bis er den Blickkontakt erwiderte. War da immer noch ein wenig Wehmut in ihren Augen, fragte er sich. Wie zur Klarstellung ließ sie ihn los, ging zu ihrem Verlobten, umarmte und küsste ihn leidenschaftlich und führte ihn zu Sam.

«Darf ich dir Pedro, meinen geliebten Verlobten, vorstellen?», sagte sie lachend und fasste beide an den Schultern, als sie sich die Hand schüttelten, als forderte sie zwei Knaben auf, nach einer Rauferei wieder Freunde zu sein. Sam schluckte und rieb seine feuchten Hände an den Hosen trocken.

«Parabéns – Glückwunsch!» und: «Tudo bem – alles okay?», brachte er die unter Brasilianern übliche lockere Begrüßung etwas heiser hervor, schüttelte Pedros Hand und drückte ihn an sich. Brasilianer mögen das; sie haben keine Scheu vor körperlicher Nähe. Im Gegenteil, mit einem Abraço, einer Umarmung, drücken sie ohne langes Kennenlernen Verbundenheit und Freundschaft aus. Pedro schien Brunas Begrüßung mit Sam auch tatsächlich nichts auszumachen. Beide setzten sich mit einer Cola in die Sessel, während Bruna zu den Toiletten verschwand.

«Bruna hat mir alles über euch beide erzählt. Du bist ein weiser Mann, Sam, und stark. Ich kann mir gut vorstellen, dass es nicht einfach war, Bruna loszulassen. Und – natürlich bin ich dir sehr dankbar dafür», raunte Pedro ihm zu, bevor Bruna mit wedelnden Händen zurückkam. Sie muss sich immer noch so oft wie möglich die Hände desinfizieren, schmunzelte Sam bei sich.

Der Helikopter war noch nicht soweit und die Assistentin im Büro wartete immer noch auf die Bestätigung, dass die Ausrüstung für das Schnorcheln und der Imbiss bei der Silfra im Þingvellir Park angekommen waren.

So machten sie es sich in der Sitzgruppe bequem und Sam erfuhr, dass es sich bei Brunas Freund um Pedro den IV. handelt, ein direkter Nachkomme von Pedro dem II., der 1840 zum Kaiser von Brasilien gekrönt worden war. In den Jahren danach hatte sich das Land entwickelt und war zur führenden Exportnation für Kautschuk geworden. Pedros Familienclan war dadurch unermesslich reich geworden und sein Vermögen konnte über die Militärjuntas und die Demokratisierung, die folgten, gerettet werden. Sam staunte nicht schlecht. Er hatte nicht gewusst, dass Brasilien einmal eine Monarchie gewesen war.

Bruna erzählte voller Inbrunst, dass sie und ihr zukünftiger Mann einen großen Teil des Familienvermögens gegen die immer noch grassierende Armut und die Lücken im Bildungssystem in Brasilien investieren. Pedro meinte, wer wie er mehr als genug bekäme vom Leben, hätte eine Verpflichtung, etwas zurückzugeben. Und dann folgte eine Aufzählung von Projekten in den zahlreichen Favelas Brasiliens.

Sam hörte aufmerksam nickend zu, während seine Gedanken abschweiften. Pedro beeindruckte ihn. Wie viel war denn eigentlich genug? Wann begann der Verzicht, die Genügsamkeit? Bei den beiden heißt das wohl, dass sie nur so weit teilen, dass ihr luxuriöser Lebensstil nicht betroffen ist. Aber gut, immerhin! Könnte nicht auch er teilen? Nicht so viel, aber genug für kleinere gute Taten? Wann genau wurde viel zu genug oder dann auch zu zu wenig? Gab es dafür so etwas wie eine Grenze, eine Definition?

Er erinnerte sich, wie er einmal auf einem Kongress einen prominenten Sprecher beim anschließenden Dinner gefragt hatte, warum er sich mit einem Privatjet hatte einfliegen lassen, wenn er doch in seiner Rede auf die Armut der Welt aufmerksam gemacht hätte. Die Differenz zu einem First-Class-Flug, der immer noch mehr als luxuriös gewesen wäre, hätte tausend Afrikanern mit grauem Star ihr Augenlicht wiedergeben können. Der prominente Business-Guru hatte ihm zugezwinkert und erklärt, dass er das für seinen Status brauchte und sonst nicht mehr ernstgenommen werden würde. Genug umfasste offenbar nicht nur das Haben, sondern auch das Sein. Ist der Mensch darauf programmiert, immer mehr anzuhäufen, weil es in der Evolution bisher nie genug gegeben hatte und deshalb eine Definition von Genug fehlt? Sicherte mehr als genug zu haben das Überleben oder diente es auch dem Verdrängen der Konkurrenten im Kampf um die besten Gene? Um mit Reichtum und Macht über alle anderen bestimmen zu können und sich so eine vorteilhafte Position in der Welt zu verschaffen?

Und was war das hier mit Pedro und Bruna? War dieser vorgeschobene Altruismus nicht einfach nur eine andere Form der Gier nach mehr Anerkennung und Status? Eine egoistische Form der Selbstverwirklichung? Er musste zugeben, dass Pedros und Brunas Freigebigkeit zumindest vielen Menschen zugutekommen würde. Vielleicht ist das einfach pragmatisch zu sehen, wie einen First-Class-Flug anstelle eines Privatjets und schließlich würde auch die sauteure, exklusive Tour der beiden den Angestellten von Lava Tours ein gutes Auskommen ermöglichen.

Bruna schien Sams Gedanken zu erahnen und, wie er ja wusste, liebte sie solche philosophisch-ethischen Exkurse. Aber da kam schon der Pilot, von einer Windböe begleitet, durch die Tür, klappte das Visier seines Helms hoch, klatschte in die Hände und verkündete: «We are ready! Let's go!»

***

Der Jetranger zieht über die Hallgrímskirkja, der Kathedrale von Reykjavik, die sich wie eine Festung über der Stadt erhebt, hinweg in Richtung Hafen.

Im Becken liegen die bulligen Fischerbote und die Fregatte der Küstenwache. Sie knattern über die Bucht und Sam fragt Pedro und Bruna, ob er ihnen etwas über Island erzählen solle. Er dreht sich um und sieht die erhobenen Daumen der beiden.

«Nun denn», beginnt er seinen einstudierten Vortrag, den er auswendig gelernt hat und allen Touristen vor oder nach einer Tauchtour erzählt.

«Der Name Reykjavík ist das isländische Wort für „Rauchbucht". Er rührt vermutlich von den Dämpfen der heißen Quellen in der Umgebung her und wird einem Missverständnis der ersten Siedler und ihrem Anführer, Ingólfur Arnarson, zugeschrieben, der den Dampf für Rauch hielt. Die Stadt ist die älteste permanente Siedlung des Landes. Obwohl die ersten Siedler bereits im Jahre 870 das Land bevölkerten, wuchs das Gebiet nur sehr langsam und wurde erst 1786 offiziell zur Stadt erhoben. Heute leben rund sechzig Prozent der rund dreihunderttausend Isländer hier.

Island liegt genau auf der Grenze der tektonischen Platten Europa und Nordamerika auf dem Nordatlantischen Rücken, der sich fast von Pol zu Pol erstreckt, auf dem Meeresgrund verläuft und nur auf Island sichtbar ist. Die Platten bewegen sich rund zwei Zentimeter pro Jahr auseinander – das ist ungefähr so schnell wie unsere Fingernägel wachsen. Das erklärt auch, warum es hier rund hundertachtzig aktive Vulkane gibt und bis zu sechshundert Erdbeben pro Woche, die meisten kann man aber kaum spüren. Die Vulkane sind allerdings eine ständige Bedrohung. Die Isländer haben ein flächendeckendes Messsystem aufgebaut, um sehen zu können, was auf sie zukommt.

Wir können uns heute kaum vorstellen, wie hart das Leben für die ersten Siedler war. Das Klima ist zwar durch den Golfstrom milder als auf demselben Breitengrad in Kanada und die Temperaturen in Reykjavik sind im Winter milder als in New York, aber hier wächst kaum etwas und selbst für die Nutztiere ist das Leben hart. Die Menschen konnten sich wohl nur dank der reichen Fischgründe überhaupt hier halten. Allerdings wurde die Bevölkerung immer wieder durch Hungersnöte und Seuchen fast ausradiert. Sie wuchs sehr langsam und die Menschen waren arm. Erst nach dem Zweiten Weltkrieg kam der Aufschwung durch die Technologie. Heute ist Island ein reiches Land mit einer der höchsten Lebenserwartungen weltweit.»

Sam unterbricht seinen Vortrag, als am Horizont der über achtzig Quadratkilometer große Þingvallavatn See inmitten des Þingvellir Nationalparks auftaucht. Er hat ihn noch nie aus der Luft gesehen.

Was für ein Anblick! Der See liegt im Þingvellir-Graben, umringt von Berghängen, die in Wirklichkeit aktive Vulkansysteme sind: Prestahnúkur und Hrafnabjörg im Nordosten sowie Hrómundartindur im Südwesten. Mitten im tiefblau glitzernden See liegt die kegelförmige Insel Sandey, entstanden aus dem Hengill-Vulkan.

Rund fünfzig Kilometer dahinter sieht man den Langjökull Gletscher, den zweitgrößten Islands, mit neunhundertfünfzig Quadratkilometern größer als die Stadt Berlin. Obwohl er wegen der Klimaerwärmung fast schmolz wie Butter in der Sonne, ist sein Eis immer noch sechshundert Meter dick und bedeckt mindestens zwei aktive Vulkansysteme.

«Das alles hier ist für erdgeschichtliche Maßstäbe sehr jung – kaum mehr als zehntausend Jahre alt», fährt Sam fort.

Man hat das Gefühl, sich mitten in der Entstehung der Erde zu befinden. Rund um den See die Tundra mit den moos- und flechtenbedeckten Lavafelsen, die in weichen Grüntönen schimmern und in Hunderten von Jahren den Humus bildeten für weitere, größere Pflanzen. Überall auch Streifen von hingehauchtem Lila, den blühenden Lupinen, die nicht heimisch sind und gegen die Erosion ein-geführt wurden, aber sich nun wie Unkraut vermehren. Streifen knorriger Fichtenwäldchen, die sich in dem kargen Boden festkrallen konnten und erst vor ein paar Jahren gepflanzt worden waren. Island war vor der Besiedelung fast vollständig mit Wald und Büschen bedeckt gewesen, die jedoch als Bau- und Brennmaterial komplett gerodet worden waren. Erst in den letzten Jahrzehnten wurde mit Aufforstung ein kleiner Teil wiederhergestellt.

Gänse steigen von der kleinen Insel, des Hengill-Vulkans, inmitten des Sees auf und flüchten vor den knatternden Rotoren über ihnen. Sie sind fast angekommen, und Sam beendet seine Erklärungen. Obwohl er Berge und saftig grüne Täler aus seiner Heimat kennt, ist er tief ergriffen von der Ursprünglichkeit, der Kraft und Erhabenheit, die von dieser Landschaft ausgehen. Es scheint, als gehe es den Passagieren ähnlich. Das Intercom bleibt stumm. Alle blicken gebannt aus den Fenstern, während der Pilot den Jetranger tiefer sinken lässt und in einer weiten Kurve über den See den Landeplatz in der Nähe der Silfra-Spalte ansteuert.

Auf dem Parkplatz, der als Ausgangspunkt für die Schnorchel- und Tauchtouren dient, steht nur der Van von Lava Dive. Alle anderen Touren sind um diese Zeit bereits abgeschlossen. Es ist schon achtzehn Uhr, aber die Sonne steht hoch am Himmel.

Die drei stapfen zu Fuß zum Van. Der Helikopter steigt sogleich auf, und der Pilot verabschiedet sich mit einer Pirouette. Zurückfahren werden sie mit dem Bus, der schon bereitsteht.

Ian springt heraus und kommt mit ausgebreiteten Armen auf sie zu: «Willkommen am schönsten Platz der Erde», brummt er mit seinem Bass und schüttelt Bruna und Pedro die Hände.

«Ein echter Wikinger», raunt Bruna Pedro kichernd zu, beeindruckt von Ians breitem Rücken, der leuchtend roten Mähne und seinem Rauschebart.

«Nicht ganz, Mylady. Ich bin Engländer, aber ich habe auch nordisches Blut in meinen Adern», brummt Ian. «Ich werde euch nun ein Briefing zu eurem Abenteuer, eurer Schnorcheltour zwischen den Kontinenten, geben, während unser Boy die Ausrüstung bereitmacht. Seid ihr soweit? Kann ich loslegen? Und – ah, bevor ich es vergesse: Da hinten sind die Toiletten. Die solltet ihr aufsuchen, BE-VOR ihr in den Anzug steigt, danach wird es näm-lich schwierig.» Ians Augen glitzern voller Schalk, als er Sam zunickt.

Sam grinst kopfschüttelnd – er ist offenbar mit Boy gemeint – und macht sich daran, die Kisten aus dem Van zu räumen, während Bruna und Pedro den gut gemeinten Rat befolgen.

Während Ian sich auf einen der Packtische schwingt und seine Blechtafel mit der Skizze der Silfra bereitmacht, watscheln ein paar die Enten heran. Sie wissen, dass sie immer ein paar der Scho-kokekse bekommen, wenn sie nur adrett genug und leise quakend um die Tauchguides herumwat-scheln.

Bruna und Pedro legen, wie angewiesen, ihre Kleider in die wasserdichten Boxen und steigen in die wattierten Overalls. Bruna tänzelt darin herum und lacht: «Schau, Pedro, endlich habe ich einmal einen fülligen Hintern wie die Mulatas bei uns.»

Sam knipst eifrig und später, wenn er die beiden in die Silfra führt, wird Ian mit der Kamera alles fürs Familienalbum und das obligate Posten festhalten; ein Service, der bei zweitausend Dollar für die ex-klusive Tour natürlich inklusive ist.

Ian beginnt sein Briefing: «Ich werde euch zuerst etwas über die Silfra erzählen und dann über das Schnorcheln. Wir sind hier im Þingvellir National-park, einem sehr wichtigen Ort für die Isländer und UNESCO-Welterbe. Um das Jahr 900 haben sich hier die Wikingerstämme getroffen, um Rat zu halten. Hier wurde vermählt, Land aufgeteilt und Gericht gehalten. Manchmal auch hingerichtet. Männer wurden da hinten beim Wasserfall von der Kante gestoßen und Frauen einfach in die Silfra-Spalte geworfen.

Die Isländer behaupten, sie hätten die ersten demokratischen Formen gebildet und treffen sich deshalb jedes Jahr hier, um das zu feiern. Wahrscheinlich haben sie damit sogar recht. Das Leben war so hart, dass man hier nur überleben konnte, wenn man kooperierte, statt sich abzuschlachten.»

Ian zwinkert und macht eine Kunstpause. Es macht immer besonders viel Spaß, die Geschichte möglichst dramatisch auszuschmücken. Er fährt fort: «Island liegt auf dem Mittelatlantischen Rücken, einer Verwerfung der Kontinentalplatten, die fast vom Nord- bis zum Südpol verläuft. Da links seht ihr die Kante von Europa und rechts von uns, die Wand da, das ist Nordamerika. Die wurde übrigens nicht von Donald Trump gebaut», fügt er schelmisch hinzu. Ein Gag, der bei Amerikanern nicht so gut ankommt, aber Bruna und Pedro grinsen amüsiert.

«Die Silfra-Spalte ist eine Art Canyon, der sich in dem Lavafeld zwischen den Platten gebildet hat. Sie wird vom Schmelzwasser des Langjökull dahinten gespeist. Das Wasser braucht etwa fünfzig Jahre, um durch die Lava hierher zu sickern. Deshalb ist es auch so klar und Sommer wie Winter zwei Grad Celsius kalt. Es fließt ganz langsam durch die Silfra in den See. Das heißt, ihr werdet nicht schwimmen müssen, sondern könnt euch einfach treiben lassen. Am Ende allerdings solltet ihr Sam in die Lagune folgen. Wir wollen ja nicht nochmals den Helikopter anfordern müssen, diesmal für eine Rettungsaktion, nicht wahr? Damit wären wir auch schon bei dem angekommen, weswegen ihr hier seid: dem Schnorcheln.» Ian macht eine Pause, um Zeit für Fragen zu geben. Die beiden schauen ihn aber nur erwartungsvoll an.

«Sam wird euch gleich in die Trockentauchanzüge helfen. Die sind ziemlich sperrig und haben viel Auftrieb. Selbst wenn ihr wolltet, untertauchen könnt ihr ohne Gewichte nicht damit. Wir werden die Silikonabschlüsse am Hals und an den Armen prüfen, damit auch sicher kein Wasser in den Anzug läuft. Die Hände allerdings werden nass werden. Die Neopren-Handschuhe und auch die Kopfhaube sind nicht wasserdicht. Das Wasser bildet aber nur einen schmalen Film, sodass euer Körper es aufwärmt und sich deshalb nach kurzer Zeit nicht mehr so kalt anfühlt. Also nicht zu viel den Kopf bewegen und mit den Händen rudern, sonst fließt frisches, kaltes Wasser nach und es wird euch rasch sehr kalt. Natürlich wird auch das Gesicht außerhalb der Tauchermaske nass. Eure Lippen werden in Sekunden taub werden und nachher habt ihr einen Schmollmund wie Angelina Jolie – allerdings leider nur für ein paar Minuten.»

Ian erklärt Flossen, Handschuhe und Kopfhauben, den Ablauf des Schnorcheltrips und geht mit den beiden zu den Materialkisten.

Die Anzüge, die Sam den beiden gibt, sind aus sieben Millimeter dickem Neopren mit integrierten Stiefeln. An den Armausgängen und am Hals sind Silikonmanschetten angebracht, die eng anliegen und so das Eindringen von Wasser verhindern. Quer über die Schultern verläuft ein wasserdichter Reißverschluss, durch den sie einsteigen. Wer zum ersten Mal so ein Ding anlegt, für den fühlt es sich an, als sei er das Michelin-Männchen, das erwürgt wird. So geht es auch Bruna und Pedro.

«Keine Sorge, das beengte Gefühl verschwindet, wenn wir erst im Wasser sind», versucht Sam sie zu beschwichtigen, als er ihre besorgten Mienen sieht. Er händigt ihnen Handschuhe, Flossen, Tauchermaske und Schnorchel aus. Die Kopfhauben wird er ihnen erst kurz vor dem Einsteigen anziehen. Durch die engen Hauben, die nur das Gesicht freilassen und sehr eng anliegen müssen, wird bei unerfahrenen Tauchern das Gefühl, keine Luft mehr zu bekommen, nochmals beunruhigend verstärkt.

Auf dem kurzen Marsch wird viel gelacht. Wie die Pinguine watscheln Bruna und Pedro zu der Treppe, die ins Wasser führt.

Nochmals ein Zerren und Reißen an Armen und Kopf, und die restliche Ausrüstung ist montiert.

Sam geht voran und steigt ins Wasser. Ian hält ihre Hände, damit niemand ausrutscht. Bruna steht bis zu den Hüften im Wasser und lässt sich auf den Bauch platschen. «Shit!», ruft sie aus und versucht, sich mit den Armen rudernd hochzudrücken. Sam richtet sie im Wasser auf – schon reißt sie sich die Maske vom Kopf.

«Ganz ruhig – lass dir Zeit. Dein Kopf schreit: Lebensgefahr! Aber glaub mir, er beruhigt sich. Du gewöhnst dich an das Gefühl», versucht Sam zu beschwichtigen, hält sie fest und winkt Pedro zu sich, der, um sich an das Wasser zu gewöhnen, sein Gesicht hineinhält und gleich wieder mit großen Augen auftaucht.

Sam setzt die beiden auf die letzte Treppenstufe und lässt sie in dieser sicheren Position ihre Gesichter ins Wasser halten. Langsam senken sich ihre hochgezogenen Schultern, die versteiften Armen lockern sich und liegen auf der Wasseroberfläche. Nun kann es losgehen.

Sam zieht Pedro und Bruna an den Händen langsam in den Canyon. Das Wasser ist glasklar und die Silfra schimmert blaugrau unter ihnen. Der wild zerklüftete Abgrund wirkt bedrohlich und anmutig zugleich. Langsam lassen sie sich von der leichten Strömung treiben und Sam sieht, wie beide beginnen, sich umzuschauen und einander die Formationen zu zeigen, die unter ihnen auftauchen. Wie zarter Flaum wachsen neongrüne Algen auf den Felsoberflächen und bilden einen berauschenden Kontrast zu den Blautönen. Nur vom Sonnenlicht genährt, sind es fast die einzigen Lebewesen in der Spalte. Ein paar kleine, glitzernde Fische, die gegen Abend vom See her hochschwimmen und Schutz vor Räubern suchen, flitzen in die zahlreichen Höhleneingänge.

Schon erreichen sie die seichte Stelle, wo das Wasser nur einen halben Meter tief ist. Sanft fasst Sam seine beiden Schützlinge an den Händen, um zu verhindern, dass sie sich aufrichten und mit den Beinen an die Felsen schlagen. Auf der linken Seite blicken sie durch einen kleinen Übergang in die Lagune, wo ihre Tour bald schon wieder enden wird.

«Schaut mal hier herüber. Seht ihr die metallene Ausstiegstreppe auf der anderen Seite? Das sind rund hundert Meter. Nirgendwo auf der Welt gibt es eine solche Sichtweite im Wasser», erklärt Sam. Die beiden nicken beeindruckt und Sam bemerkt, wie Bruna die Hände mit den dicken Handschuhen aus dem Wasser streckt. Fünfzehn Minuten und sie scheint bereits schmerzhaft kalte Finger zu haben. In weiteren zehn Minuten wird sie beginnen zu zittern. Obwohl man trocken bleibt, kriecht die Kälte durch den Gummi und den wattierten Overall. Es ist Gewohnheitssache, fast wie bei Schmerzen. Sam hat gelernt, einfach ruhig zu atmen und das Kältegefühl zu ignorieren, sich nicht dagegen aufzulehnen.

Kurz vor der „Kathedrale", der mit zweiundzwanzig Metern tiefsten und breitesten Stelle der Spalte vor der Mündung in den See, beginnt Bruna wieder, mit den Armen zu fuchteln. Ihr schlanker Körper scheint ausgekühlt. Sie zittert. Sam ist sofort bei ihr, dreht sie auf den Rücken und zieht ihr den Schnorchel aus dem Mund. «Lass dich einfach treiben und atme, ich ziehe dich ein wenig», raunt er ihr zu. Sie nickt mit zugepressten, bebenden Lippen und schaut zum Himmel. Pedro scheint es besser zu gehen. Er hebt den Daumen aus dem Wasser auf Sams Frage nach seinem Befinden.

Die Kathedrale hat ihren Namen nicht von ungefähr. Es fühlt sich an, als würde man in einer großen Kirche an der Decke entlanggleiten und nach unten in das Kirchenschiff schauen, nur dass es hier keine Bänke, sondern Felsbrocken gibt und die Wände statt mit Glasfenstern mit zarten Vorhängen aus Algen verhängt sind. Ein Anblick, der kaum jemanden unberührt lässt. Es ist, als ob man durch eine Spalte in das zarte Innere eines Körpers schaut. Hinein in Mutter Erde, tief in ihren Schoß, unter dem man das glühende Magma brodeln ahnt, diese heiße flüssige Masse, die nach dem Erkalten zu anmutigem Gestein wird.

Pedro paddelt mit den Flossen ohne Mühe um den Felsen in die Lagune und Bruna wird von Sam in Sicherheit gezogen. Die Stelle hat ihre Tücken. Während die Strömung in der Kathedrale sehr sanft ist, muss das Wasser am Ende des tiefen Pools über einen Anstieg des Grundes in den See. So erhöht sich die Strömung von einem Meter auf den anderen stark und auch einige Guides hatten schon ganz recht zu kämpfen, um die Lagune zu erreichen.

Pedro paddelt mit ruhigen Flossenschlägen in der Lagune umher, während Sam mit Bruna zu der Treppe schwimmt, wo Ian schon auf sie wartet. Sie hat sich wieder auf den Bauch gedreht und bewundert die Zauberwelt aus Felsen und Algenvorhängen. Man wäre kaum erstaunt, wenn daraus Elfen hervorschwebten. Sam bleibt dicht an ihrer Seite. Er sieht das leichte Zittern ihres Kopfes und die eckigen Bewegungen ihrer Beine. Sie ist bereits unterkühlt.

Kurz darauf stehen sie auf der Treppe und Ian greift sich Flossen, Masken und Hauben. Er zieht Bruna die Handschuhe aus und legt seine warmen Hände um ihre eiskalten Finger.

«Que linda!», lacht Pedro und deutet auf ihre Lippen. Ian hat nicht zu wenig versprochen. Brunas Lippen sind prall geschwollen, sie versucht ein Lächeln, aus dem aber nur ein Zähneklappern mit hochgezogenen Mundwinkeln wird. Kurz darauf staksen sie gemeinsam zum Parkplatz, wo Ian einen Tisch mit Häppchen, heißer Schokolade und Tee gedeckt hat. Es dauert ein wenig, bis die beiden mit Zerren und Reißen an allen Gliedern von der Ausrüstung befreit sind, in Decken gehüllt auf der Bank sitzen, heiße Schokolade schlürfen und die Fotos auf dem Display der Kamera betrachten. Sam hat routiniert an den spektakulärsten Stellen Schnappschüsse gemacht.

Kurz darauf taucht ein Range Rover mit Fahrer auf, um sie zurück ins Hilton zu bringen. Als der Fahrer aussteigt und die hintere Tür öffnet, strömt ihnen warme Luft entgegen. Der Fahrer hat die Heizung voll aufgedreht für seine immer noch zitternden Gäste.

«Es war wunderbar! Und – ich danke dir», wispert Bruna, als sie Sam zum Abschied umarmt.

«Ich weiß, die Silfra ist eine atemberaubende Dame», grinst Sam.

«Das meine ich nicht. Ich habe dich gehasst, so verletzt war ich. Aber du hattest recht. Ich habe einen tollen Mann gefunden, der zu mir passt. Ich bin dankbar dafür und freue mich, dass du offenbar endlich in deinem Element angekommen bist», flüstert Bruna und wieder erhält Sam einen flüchtigen Kuss auf die Lippen.

Auch Pedro umarmt ihn herzlich und beide klopfen sich auf die Schultern. Er lädt Sam zu einem gemeinsamen Abendessen ein, aber dieser winkt ab und meint, er werde vielleicht zum Nachtisch kommen.

«Wir sehen uns aber noch?», ruft ihm Bruna aus der offenen Wagentür zu. Sam hebt den Daumen in die Luft und der schwere Wagen fährt zügig vom Parkplatz auf die Kiesstraße in Richtung Reykjavik.

«Da hast du Idiot dir ja ganz schön was entgehen lassen», gluckst Ian, während sie die Kisten zusammenpacken.

«Hmm», brummt Sam ohne weiteren Kommentar und fragt sich, ob Ian recht hat. Bruna ist eine wunderbare Frau – schön, intelligent und mit dem Herzen am rechten Fleck. Zudem hat sie ihn gewollt. War es ein Fehler, sie gehen zu lassen? Doch diese Frage ist müßig. Bruna ist glücklich mit Pedro und Sam hat seine Chance bei ihr vertan.

Ian und Sam verdrücken die übriggebliebenen, köstlichen Brötchen und wischen die Krumen vom Tisch, über die sich sofort das Entenpärchen hermacht.

Sam schaut nachdenklich aus dem Fenster. Ian steuert wortlos den Van die einsame Straße entlang, die von dem Hochplateau durch ein Tal in Richtung der Bucht von Reykjavik führt. Trotzig stehen ein paar Islandpferde, ihre Hinterteile gegen den Wind gerichtet, auf einer Weide und ertragen stoisch den Graupelschauer, der gerade wieder einmal durch das Tal treibt.

Bald wird die Sonne wieder durch die Wolken brechen und das Leben unbeirrt weitergehen, so wie für ihn nach dem gestrigen Horrortag. Ob

Bruna recht hat? Hat er sein Element gefunden? Sein Leben in Büros und langweiligen Meetings scheint jedenfalls Jahrhunderte her zu sein.

Er ist ruhig geworden und fühlt sich wohl, trotz des oft garstigen Wetters. Island scheint ihm unter die Haut zu gehen und ihn mit der urtümlichen Natur zu seinem Innersten, zu seinen Wurzeln zu führen.

Obwohl Island, geologisch gesehen, sehr jung ist – gerade mal zwanzig Millionen Jahre alt – kommt es Sam vor, als ob die gewaltigen Berge, die Vulkane und Lavafelder eine urtümliche Weisheit ausstrahlen. Oder sind es die Trolle und Elfen, von denen immer noch eine Mehrheit der Isländer glaubt – so hatte er es zumindest gelesen –, dass sie durch ihre stille Anwesenheit diese oft mystisch anmutende Landschaft prägen? Jedenfalls gibt es einige Stellen, wo Straßen um einen Lavabrocken geführt wurden, um die Elfen, die darin hausen, nicht zu stören. Manchmal wurden die Wesen auch von „Sachverständigen" gefragt, ob sie nicht für ein Bauwerk umziehen würden, falls nicht, wird eben darum herum gebaut. Darüber kann man natürlich lächeln und doch – es zeigt den Respekt der isländischen Bevölkerung vor ihrer Umwelt.

Diesen Respekt kann auch Sam in sich spüren. Die Kräfte der Natur, die hier jeden Tag die Landschaft mit Urkräften umformen, das harte Klima am Polarkreis, das nur einen schmalen Grat für das Leben übriglässt, erfüllen ihn mit Demut. Das Land fühlt sich für Sam an wie eine strenge Mutter, deren Regeln man befolgen sollte, wenn man überleben will, mit deren Geschenken wie dem Fischreichtum und den empfindlichen Ökosystemen sorgsam umgegangen werden sollte. Das ist nicht anders als überall sonst auf diesem Planeten, doch hier ist es so offensichtlich.

Obwohl die täglichen Erdstöße, mögliche Vulkanausbrüche, heftige Stürme, die immer wieder über die Insel hinwegfegen, eine ständige Bedrohung darstellen, fühlt Sam sich in Island geerdet. Dieses Land gibt ihm ein paradoxes Gefühl von Sicherheit. Die Natur kann niemand beherrschen, sie will respektiert sein und der Mensch muss sich ihr anpassen. So sieht es Sam und ist froh, in Island einen Platz gefunden zu haben, wo er sich zuhause fühlt.

Fünf

an kommt mit einem ganzen Tablett Bier an den Tisch und ruft aus: «Auf unser Team! Lasst uns den gestrigen Tag herunterspülen und vergessen! Jetzt wo die Untersuchung abgeschlossen ist, wollen wir noch mal auf den guten Ausgang der Geschichte anstoßen.»

Jace, Emma und Sam greifen sich ein Glas, prosten einander zu und rufen im Chor: «Auf uns – Skál!» Das ganze Team hatte sich schon Sorgen gemacht, der Tauchbetrieb könnte durch den Vorfall mit den amerikanischen Gästen eingestellt oder zumindest stark eingeschränkt werden.

An den Tischen der Bar erheben noch andere Teammitglieder und Guides von anderen Tour-Operators ihre Gläser.

«Skál.» Kurz wird der laute Sound von Björk übertönt.

Die Bar Ananas ist ein Geheimtipp in der Innenstadt von Reykjavik und wie ein gemütliches Wohnzimmer für die Guides. Sie taucht nicht zuoberst in den Tipps der Touristenführer und Apps auf. Vielleicht weil sie ganz schlicht eingerichtet ist, keinen Wikingertouch hat und mit ihrem Namen auch irgendwie nicht zu Island passt. Hier verkehren fast nur Einheimische und eben die Guides der Tour-Operators. Es gibt eine lange Bar, an der kein Stuhl dem anderen gleicht, eine Jukebox mit fast ausschließlich isländischen Songs und Volksliedern und ein paar Tische, die aussehen, als seien sie auf Flohmärkten zusammengekauft worden. Außer der Leuchtreklame über der Tür mit einer blinkenden Ananas deutet von außen nichts auf ein In-Lokal hin.

«Wir sollten uns überlegen, unser eigenes Business aufzumachen. Das Geschäft brummt. Habt ihr euch mal überlegt, wie hoch die Einnahmen von Scuba Silfra sind? Täglich fünfzig oder mehr Schnorchler und alle zahlen hundertachtzig Dollar für den Trip», sagt Sam zu seinen drei Kollegen. «Das sind – Moment – gute zweihundertfünfzigtausend Dollar Umsatz im Monat! Und der Tourismus auf Island wächst immer noch jedes Jahr über zwanzig Prozent.»

«Du hast recht, aber – what goes up must come down – was nach oben geht, muss auch wieder herunterkommen», meint Jace trocken.

«Genau. Dieser unbekümmerte Glaube in unbegrenztes Wachstum hat Island vor ein paar Jahren während der Finanzkrise schlicht in den Bankrott geführt», meint Ian dazu.

«Und? Was haben die Isländer daraus gelernt? Es geht schon wieder genauso weiter wie vor paar Jahren – bis zum nächsten Einbruch», meint Sam.

Island erlebt tatsächlich einen unglaublichen Boom im Tourismus. Das Land zieht zwar immer noch über siebzig Prozent seines Volkseinkommens aus dem Fischfang – oder zumindest dem Handel mit den Fangquoten –, aber der Tourismus ist mittlerweile auf Platz zwei. Fast drei Millionen Touristen sollen dieses Jahr die Insel besuchen; das sind zehn pro Einwohner und davon fast alle in den drei, vier wärmeren Monaten im Jahr. Erstaunlicherweise verteilen sich Menschenmassen außerhalb von Reykjavik recht gut. Es gibt zwar an den großen Wasserfällen, zum Beispiel am sechzig Meter hohen Seljalandsfoss, einen riesigen Parkplatz mit Bussen, mit denen die Touristen auf der Golden-Circle-Tour herumgekarrt werden, aber wer ein wenig von der Küstenstraße abbiegt, kann immer noch einsame Tage inmitten der Natur verbringen.

Es stellt sich die Frage, ob dieses Wachstum ewig so weitergehen kann und was die Auswirkungen auf das empfindliche Gleichgewicht der Natur sein werden. Es gibt auch schon einige lautstarke

Stimmen von Isländern, welche die Anzahl der Besucher beschränken wollen, aber immer noch werden Hotels aus dem Boden gestampft und obwohl man hier in der Saison kaum ein Zimmer unter vierhundert Euro die Nacht bekommt, ist immer noch zu wenig Platz. Selbst auf Airbnb, wo die Isländer sogar Kinderzimmer vermieten, gibt es kaum günstigere Angebote. Das scheint die Islandfans nicht abzuhalten. Das Geld fließt in Strömen und wie es in der Natur des Menschen liegt, ist es nie genug. Solange mehr zu machen ist, wird unbeschwert weitergemacht im Glauben, es werde immer so weitergehen.

Sam erinnert sich an den CEO einer Großbank in der Schweiz, den er vor Jahren im Zenit der Finanzkrise am Opernball in Zürich getroffen hat. Alle tuschelten, wie er sich wohl erlauben könnte, am Opernball aufzutauchen, wo doch seine Bank kurz vor dem Bankrott stand. Der untersetzte Chef der Bank bekam das Getuschel mit und setzte sich ziemlich angetrunken an den Tisch, wo auch Sam mit seiner Begleiterin saß.

Die Situation wäre völlig normal, erklärte er. Er hätte schon vor Monaten gewusst, dass er nur auswählen könnte, woran er scheitern würde. Hätte er vor den hochriskanten Anlagen in US-Immobilienfonds und deren traumhafte Rendite gewarnt, hätte man ihn als störenden Zauderer abgesetzt, als einen, der nicht mit der Zeit gehen könnte. Oder er hätte mit den Wölfen heulen und sich am Blutrausch beteiligen, alle Warnsignale als reine Spekulationen vom Tisch wischen und bis zum unvermeidlichen Kollaps mitspielen können. Er hätte sich für das Mitspielen entschieden, allerdings einen goldenen Fallschirm gesichert und sein Privatvermögen rechtzeitig in Sicherheit gebracht wie auch das seiner Spezis aus Politik und Wirtschaft, die jetzt den Staat nötigten, mit Steuergeldern die systemrelevante Bank zu retten.

Damit hat er nicht Unrecht, dachte Sam damals. Die Bank strebte sofort nach ihrer Rettung wieder nach hochrentablen Renditen. Die Maßnahmen zur besseren Regulierung, die solche Situationen in der Zukunft verhindern sollten, wurden so verschleppt oder zerstückelt, dass sie kaum je Wirkung zeigen würden – das System machte weiter wie vorher.

«Da hast du sicher recht, mein Freund", meint Ian auf Sams Bedenken zum Wachstumsdenken und wischt sich den Bierschaum aus dem Bart. «Aber denkst du wirklich, man kann das ändern?»

«Wenn jeder so denkt, sicher nicht», wirft Emma ein und setzt hinzu: «Wann ist es genug? Wie viel ist denn genug?»

«Nun, ich könnte schon noch ein wenig mehr vertragen. Mit einem Tauchbusiness hier ein paar Jahre gutes Geld machen. Mich dann zur Ruhe setzen. Ein Bungalow in Spanien oder so ...», erwidert Sam.

«Und keine Jacht?», lacht Jace und alle stimmen ein. Ein weiteres Skál ertönt.

Ian schaut auf. «Ich möchte euch jemanden vorstellen». Er erhebt sich und geht auf einen jungen Mann an der Bar zu, der dort in seinem Parka vor einem Bierglas steht.

«Ich möchte euch Jon Friman vorstellen.» Er drückt den schmächtigen Mann auf den freien Stuhl und verschwindet gleich, um eine neue Runde Getränke zu holen.

Jon sitzt etwas verloren da und nickt dem Trio schüchtern zu. Er trägt immer noch Wollmütze und Parka, obwohl es in der Ananas tropisch warm ist.

«Ich wollte eigentlich gerade gehen, war nur auf ein schnelles Bier hier», meint er, als Ian ein neues Glas vor ihn hinstellt.

«Was ist denn los mit dir? Musst du einen neuen Blog schreiben? Gibt es einen Vulkanausbruch?», lacht Ian und sagt, zu den anderen gewandt: «Ihr müsst wissen, dieser junge Mann hier ist eine Kapazität auf dem Gebiet. Er hat seine eigene Website und schreibt dort, was der offizielle Islandic Met Office Service nicht zu schreiben wagt. Hab ich recht, mein Freund?»

«Die können das auch nicht. Die verstecken sich hinter der Wissenschaft, bezeichnen mich als Hobbygeologen, aber zumindest lassen sie mich gewähren. Jetzt muss ich aber los», nuschelt Jon.

«Erzähl schon – was ist los?», fragt Ian und hält ihn sanft an der Schulter fest.

«Also gut, sonst gibst du ja keine Ruhe», erwidert Jon.

«Es ist so: Katla – einer der größten Vulkane hier – ist seit fünfzig Jahren überfällig mit einem Ausbruch. Seit ein paar Tagen gibt es regelmäßige Beben von über 3.5 auf der Skala. Aber das Met Office kommentiert die nicht. Was mich aber noch mehr besorgt, sind Tremorzeichen an den Vulkansystemen unter dem Langjökull. Du weißt, ein tremorartiges Erdbeben kündigt einen Vulkanausbruch an. Diese Tremors sind wie das Zittern eines Parkinson-Patienten und unterscheiden sich deutlich von einem normalen Erdstoß, haben also noch mal eine größerer Gefährlichkeit, als wenn eine Erdplatte ein paar Millimeter verrutscht. Diese Tremorbeben entstehen, wenn Magma aus der Tiefe aufsteigt und sich unter der Oberfläche eine Blase aufbläht. Ich will mir deshalb die neuesten Daten ansehen.»

«Am Langjökull? Hat das etwas für unsere Touren in der Silfra zu bedeuten?», fragt Emma interessiert. Alle rücken näher an den Tisch, um Jon neben der lauten Musik und dem Stimmengewirr in der vollen Bar besser zu verstehen.

«Kann man noch nicht sagen, aber wie gesagt: Wenn Erbeben in kurzen Abständen auftauchen und ein bestimmtes Muster zeigen, spricht man von einem Tremor. Es ist wie ein Zähneklappern der Erdkruste. Normalerweise ist das ein Warnsignal für einen bevorstehenden Ausbruch», erklärt Jon und schlüpft nun doch aus seinem Parka. Er scheint jetzt froh, dass ihm jemand zuhört und ihn ernstnimmt.

«Und wieso warnt das Met Office nicht? Schließlich sind Hunderte von Touristen jeden Tag in dem Bereich und wir auch!», ruft Jace erstaunt aus.

«Warum wohl? Das ist wie mit den Wettervorhersagen in den Skigebieten der Schweiz. Warnen die vor einem Unwetter, geht keiner mehr Skilaufen, und wenn dann doch nichts passiert, werden die Meteorologen fast gelyncht. Schlecht fürs Geschäft», meint Sam.

«Ja, aber – besser einmal zu früh gewarnt als einmal zu spät!», ruft Emma entrüstet.

«Jetzt lasst Jon erzählen», wirft Ian beschwichtigend ein.

«Das Met Office ist tatsächlich in einer schwierigen Situation. Es gibt Tremors, aber nicht ganz regelmäßige. Kommt hinzu, dass es die vor einem Jahr auch schon gab und dann doch nichts passiert ist», erklärt Jon weiter.

«Allerdings scheint ein Zusammenhang zwischen den Beben in der Caldera, der Kratermulde von Katla, zu bestehen. Auch dort scheinen Tremors aufzutreten, auch wenn Katla über hundert Kilometer entfernt ist und wir uns nicht erklären können, wie die beiden Vulkansysteme miteinander verbunden sein könnten. Trotzdem – wenn Katla ausbrechen sollte, gehen hier die Lichter aus. Ein Ausbruch wäre mindestens fünfzigmal gewaltiger als der des Eyjafjallajokull im Jahr 2010 – ihr erinnert euch. Das ist der Vulkan, der mit seiner Aschewolke den Flugverkehr über Europa für zwei Wochen lahmgelegt hat. Bei Katla könnte das die halbe westliche Hemisphäre betreffen – für Monate wohlverstanden», fährt Jon fort.

Alle starren ihn betroffen an. «Und was heißt das?», fragt Sam weiter.

«Nun, es könnte sein, dass wir in einen Ausbruchszyklus von zwei Systemen geraten. Das gab es wahrscheinlich vor rund viertausend Jahren schon einmal. Damals war Island für Monate von Ausbrüchen und Rauchwolken betroffen. Riesige Tsunamis von Schmelzwasser und Schlamm würden die Küstenregionen überschwemmen. Allein beim Langjökull ist das Eis über sechshundert Meter dick. Wenn das durch Magma geschmolzen wird, dann gute Nacht», erläutert Jon, der immer mehr in Fahrt kommt.

«Holly Molly! Und was rätst du uns?», stöhnt Ian.

«Sollten spürbare Erdbeben da oben an der Silfra auftreten, dann haut ab, und zwar sofort! Ansonsten kann ich euch nur raten, die Website des Met Office regelmäßig anzuschauen. Nun muss ich aber wirklich gehen», meint Jon und zückt sein Smartphone.

Die anderen greifen wie paralysiert in ihre Taschen und entriegeln ebenfalls ihre Smartphones.

«Da – es gab allein, seit wir hier sitzen, zwanzig Beben in der Caldera von Katla», ruft Emma aus.

Jon winkt zum Abschied der Gruppe zu, aber alle außer Ian starren jetzt auf ihre Displays. Ian steht auf, folgt Jon zum Ausgang, greift ihn an die Schulter und fragt Jon mit besorgter Miene: «Im Ernst, Mann, sollen wir abhauen?»

«Kann ich nicht sagen», meint der schulterzuckend und zieht den Reißverschluss seines Parkas hoch. Ein scharfer Wind fegt kurz durch das Lokal, als er die Tür öffnet.

Ian gesellt sich wieder zu den anderen. Sie schauen ihn betroffen an.

«Ist Jon ein Apokalyptiker?», fragt Sam.

«Wer weiß ... Jedenfalls leben seit fast tausendeinhundert Jahren Menschen auf dieser Insel. Sie wird morgen nicht untergehen!», lacht Ian.

So richtig beschwingt ist keiner der drei, als sie kurze Zeit später zurück zu V18 fahren. Sie hatten sich noch ein wenig ausgemalt, was alles passieren könnte.

Zurück in V18 treffen sie auf Marie, Piet, Mickey und Julia, die am großen Küchentisch Skat spielen. Die Karten werden schnell beiseitegelegt, als Ian von dem Gespräch mit Jon berichtet.

«Wäre doch geil! Als Erstes würden wir den Vínbúðin ausräumen, dann den Supermarkt und uns anschließend hier gemütlich einbunkern», schlägt Mickey vor. So richtig lustig findet das niemand. Sorgenvolle Gesichter wechseln ernste Blicke und eine Schwere liegt in der Luft.

Was, wenn Katla tatsächlich ausbricht und die Insel mit Ascheregen überdeckt? Der Vulkan ist zwar hundertvierzig Kilometer Luftlinie von Reykjavik entfernt und wird wohl kaum seine Lava bis zu ihnen spucken, doch wie damals der Eyjafjallajökull würde Katla den gesamten Luftverkehr lahmlegen. Chaos würde herrschen auf der Insel und sie würden hier festsitzen. Womöglich für Wochen! Doch die meisten haben keine Ahnung, was Katla sonst noch alles anrichten könnte. Nur Sam hatte in den letzten Tagen viel darüber gelesen. Da war die Aussicht in V18 festzusitzen, keine Arbeit mehr zu haben, noch harmlos.

Dieser Vulkan hat so ein gewaltiges Potential, das einer der Ausbrüche in den letzten Jahrhunderten mitverantwortlich war für eine „kleinen Eiszeit" in ganz Europa. Es gibt sogar Historiker, die glauben, dass die Hungerwinter, die dadurch ausgelöst wurden, verantwortlich waren für die Französische Revolution.

Doch das braucht er seinen Kumpanen gar nicht zu erzählen. Die Stimmung ist schon bedrohlich genug. Sie ist fast mit Händen greifbar und hängt wie ein unsichtbarer Nebel in der Küche von V18.

Sechs

Sam liegt auf seinem wackeligen Ikeabett und scrollt durch seine E-Mails. Er hat heute seinen freien Tag und wollte ausschlafen, aber das ist nicht so einfach. Der Containerhafen ist schon wieder in Vollbetrieb und das Sonnenlicht wirft Streifen harten Lichts durch die Rolloränder in sein Zimmer. An den Lichtstreifen erkennt Sam einen wolkenlosen Himmel. Er wird nach dem Frühstück wohl einen Ausflug machen.

Er öffnet die Mail von Jon Frimans Iceland-Geology-Blog, den er sich abonniert hat, und ihm stockt der Atem.

Updates from Iceland Geology

Volcano and earthquake activity in Iceland

In the 18/05/2018 edition:
- *Starker Erdbebenschwarm im Langjökull Vulkansystem*
- *Katla Vulkan bläht sich auf und bereitet sich auf einen Ausbruch vor.*

Heute Morgen um 05.25 Uhr hat sich ein Schwarm von über zwanzig Erdbeben in dem Gebiet des Langjökull-Gletschers ereignet. Sechs der Beben hatten eine Stärke von über 3,5, das stärkste um 5.55 Uhr eine Stärke von

4,8. Das Epizentrum der starken Beben lag rund achthundert Meter unter der Caldera des Prestahnúkur Vulkans, westlich des Gletschers.

Zurzeit ist es ruhig in dem Gebiet. Die Tremoraktivität ist jedoch ausgeprägt, und meiner Meinung nach kann es jederzeit zu weiteren heftigen Beben kommen oder zu einem Ausbruch des Vulkans.

Über Schäden ist bisher nichts bekannt. Das Þingvellir Touristenzentrum öffnet erst um acht Uhr. Das Gebiet ist eine stark besuchte Touristenattraktion und es bleibt abzuwarten, ob die Behörden das Gebiet sperren werden.

In der Caldera des Vulkans Katla, im Süden von Island, sind ebenfalls starke Erbeben in dieser Nacht verzeichnet worden. Das Epizentrum lag nur knapp hundert Meter unter der zehn Kilometer breiten Caldera, die mit einer zwei- bis siebenhundert Meter dicken Eiskappe bedeckt ist. Die anhaltende, starke Tremoraktivität deutet meiner Meinung nach auf eine Ausdehnung der Magmakammern unter der Caldera hin und es kann jederzeit zu einem Ausbruch kommen.

Katla hat seit dem Jahr 930 bis 1918 in einem Intervall von dreizehn bis fünfundneunzig Jahren mehr oder weniger starke Eruptionen gezeigt;

die letzten haben die Eisschicht nicht durchbrochen. Eine starke Eruption würde allerdings die Auswirkungen des 2010 ausgebrochenen Eyjafjallajökull um ein Mehrfaches übertreffen. Eine Aschewolke könnte den Flugverkehr in Nordeuropa für Monate lahmlegen.

Zurzeit herrscht höchste Alarmbereitschaft der Behörden und ich erwarte, dass die Bewohner von Vík, gleich unterhalb von Katla gelegen, evakuiert werden und die Ringstraße für den Verkehr gesperrt wird.

Weitere Informationen folgen auf dieser Website.

Alle Daten sind Eigentum des Icelandic Met Offices.

Ungläubig liest Sam den Text nochmals. Er steht verwirrt auf, zieht die Rollos hoch und bedeckt sofort die Augen mit seiner Hand. Die Bucht liegt in gleißendem Sonnenlicht. Auf dem Hafengelände wuseln die Gabelstapler tutend umher und auf der Straße herrscht der übliche Berufsverkehr. Alles völlig normal.

Er schlüpft in seine Schlabber-Trainerhose und macht sich barfuß auf zur Küche. Diese ist menschenleer, aber aus dem Aufenthaltsraum hört er den Fernseher.

In dem Raum sitzen, dicht gedrängt, alle, die noch nicht zu einer Schicht aufgebrochen sind, auf dem durchgesessenen braunen Ledersofa, den Stühlen und auf dem Boden und lauschen den Nachrichten.

«Damit beenden wir für den Moment unsere Berichterstattung über die Erdbeben- und Vulkanaktivitäten. Wir bitten die Bevölkerung, das Radio eingeschaltet zu lassen und unsere Sendungen zu beachten», hört Sam den Nachrichtensprecher, noch in der Tür stehend.

Jace steht auf und schaltet den Flatscreen, der normalerweise nur zum Gamen benutzt wird, auf stumm.

Auf Sams fragende Miene hin meint er: «Alles im grünen Bereich. Es hat offenbar ein wenig geschüttelt letzte Nacht, aber die Behörden sehen momentan keinen Grund zur Aufregung. Die haben auf ähnliche Ereignisse in den letzten Jahren, bei denen es nicht zu Ausbrüchen oder Schäden gekommen sei, hingewiesen.»

«Hey, aber habt ihr den Blog von Jon gelesen? Der sieht das eindeutig drastischer. Er schreibt, Katla bereite sich auf einen Ausbruch vor und der Þingvellir Park – und damit die Silfra – müssten gesperrt werden!», ruft Sam aus.

«Wir wissen doch, dass Jon ein Apokalyptiker ist», meint Chuck unbeeindruckt und lacht. «Lass uns frühstücken, meine Schicht beginnt in einer Stunde. Drake hat vor ein paar Minuten angerufen. Business as usual. Wir haben volles Programm heute.»

Sam setzt sich in der Küche mit seinem Instantkaffee zu Jace und Emma. Die beiden schaufeln ihre Müslis und machen einen zufriedenen Eindruck.

«Meint ihr nicht, wir sollten uns das aus der Nähe anschauen? Seid ihr dabei? Machen wir einen Ausflug nach Vík», schlägt Sam den beiden vor und füllt seine Schüssel mit Cornflakes und Milch.

«Warum nicht», meint Emma. «Wir haben frei wie du. Aber was erhoffst du dir davon?»

«Wir können uns doch einfach die tollen schwarzen Strände von Vík ansehen und uns ein wenig umhören. Bin gespannt, ob die Einwohner die Situation auch so locker nehmen», erwidert Sam.

Kurze Zeit später sitzen sie in dem klapprigen, roten Citroën, den Sam sich für hunderttausend Isländische Kronen, rund tausend US-Dollar, für seine Ausflüge angeschafft hat.

Island präsentiert sich mit Prachtwetter. Kaum eine Wolke am Himmel, wenn auch ein scharfer Wind weht, der die knapp zehn Grad dann doch nicht so frühlingshaft wirken lässt. Sie verlassen Reykjavik auf der Schnellstraße in Richtung Osten, um an den südlichsten Zipfel der Insel zu gelangen. Durch moosbewachsene, grün schimmernde Lavafelder führt die Straße, vorbei an den Hängen der surreal wirkenden erloschenen Vulkane. Sie kommen auf eine Anhöhe, kurz bevor die Straße in die Ebene von Selfoss führt. Ein wunderbarer Ausblick auf die fruchtbare Ebene.

Nach gut zwei Stunden erreichen sie Vík.

Der Küstenort liegt südlich des Sees Heiðarvatn an der Küste. Nordwestlich des Ortes liegt der Berg Reynisfjall mit seinen zahlreichen Papageientauchern und Eissturmvögeln.

Der Ort hat einen berühmten Strand, der aus schwarzem Lavasand besteht und von den Usern der amerikanischen Touristik-Website Tripdavisor zu einem der zehn schönsten Strände der Welt gewählt wurde. Das Meer davor ist häufig wild und aufgewühlt und nicht wenige wagemutige Touristen wurden schon von einer Welle erfasst und ertranken im eiskalten Wasser.

Vor der Küste befinden sich drei schwarze Felsnadeln, genannt die Reynisdrangar: „Skessudrangur", „Landdrangur" und „Langsamur". Einer Legende nach wollten Trolle ein Schiff an Land bringen und wurden dabei versteinert.

Auch hier ist alles normal. Die Touristen schlendern den Strand entlang und machen Selfies mit den Felsnadeln im Hintergrund. Auch Emma und Jace umarmen sich und strecken den anderen Arm, um sich vor den imposanten Felsnadeln stehend festzuhalten. Sam lässt die beiden turteln und stapft durch den schwarzen Sand zum Restaurant. Dort sieht er auf dem Parkplatz einen vollgeladenen Van und einen Land Rover stehen.

Er holt sich eine Cola, wandert auf dem Parkplatz umher und sieht einen stämmigen Isländer mit weiteren Taschen auf den Land Rover zustapfen.

«Hey», begrüßt ihn Sam. «Geht's in die Ferien?»

Der hünenhafte Isländer schüttelt nur den Kopf und brummt: «Witzbold.»

«Katla?», fragt Sam direkt.

Der Isländer, der sich als Ragnar vorstellt, erklärt, dass alle hier im Ort einen Piepser tragen. Sollte das Ding losgehen, hieße das, Vík auf schnellstem Weg zu verlassen.

Sam erzählt, er sei Tauchguide an der Silfra, da sei auch ganz schön was los gewesen in den letzten Stunden.

«Wenn ich du wäre, würde ich mir das gut überlegen. Nicht lustig, in der Spalte zu schwimmen, wenn es so richtig zu schütteln beginnt», meint Ragnar und macht sich auf, weitere Taschen zu holen.

Sam sieht Emma und Jace auf dem Parkplatz nach ihm Ausschau halten. Er winkt ihnen zu und deutet auf die Terrasse des Restaurants. Taucher können sich mit ihren Handzeichen fast wie Taubstumme verständigen.

Kurz darauf sitzen sie vor dampfenden Cappuccinos und lassen durch ihre Sonnenbrillen den Blick über den atemberaubend wilden Strand gleiten. Sam führt gerade seine Tasse zum Mund, um sich schlürfend einen Schluck aus seiner Tasse zu genehmigen, da knallt es, als würden Betonplatten bersten. Der kleine Tisch vor ihnen beginnt zu zittern. Dann Ruhe.

Sam stellt die Tasse auf den Tisch, da beginnt es wieder zu zittern. Diesmal heftiger. Von den Bergen hinter ihnen ertönt ein dumpfes Grollen wie bei einem Gewitter, das heraufzieht. Wieder Knacken, Knarzen und Knallen, als würden Eisschollen im Frühling im Packeis brechen. Nun ist es still. Totenstill. Die Menschen am Strand und auf der Terrasse erstarren wie in einem Video, das auf Pause gedrückt wurde. Einige schauen auf das Meer, andere auf die Berge hinter ihnen und wieder andere sehen sich fragend an, aber keiner wagt sich zu bewegen.

Emma und Jace schauen Sam mit hochgezogenen Augenbrauen an. Alle drei verharren, so wie die Menschen da draußen und vermutlich in ganz Vík. Es kommt Sam wie eine Ewigkeit vor. Sogar die Möwen haben ihr Schreien unterbrochen und fliegen stumm ihre Kreise.

Alle scheinen zu warten. Aber auf was? Nichts geschieht. Die Menschen beginnen, sich wieder zu bewegen. Einige stehen beieinander und diskutieren, andere tippen und wischen auf ihren Smartphones herum.

«Wow – scheint doch mehr dran zu sein, als was die in den Nachrichten erzählt haben», meint Emma trocken in die Runde. Immer noch schauen sich alle um wie bei einem Feuerwerk, bei dem man auf das Schlussbouquet wartet, aber nichts tut sich. Gespenstische Ruhe.

«Darauf gibt es eine Runde aufs Haus!». Ragnar kommt mit einem vollen Tablett auf die Terrasse, bietet Schnaps an und erklärt eifrig, dass man hier an so etwas gewöhnt sei. Welcome to Iceland!

Die Gäste auf der Terrasse holen sich ein Glas bei Ragnar und beginnen zu plaudern. Ragnar blinzelt Sam zu, schüttelt leicht den Kopf und deutet auf seinen Gürtel, an dem stumm der Piepser hängt.

Jace leert seinen Cappuccino in einem Zug. «Vielleicht sollten wir uns auf den Weg machen? Was meint ihr?»

«Du meinst, bevor es losgeht, alle in ihre Wagen springen und, wie von tausend Teufeln verfolgt, auf die Ringstraße drängen?», fragt ihn Sam augenzwinkernd. Jace nickt stumm und Emma weicht die Farbe aus dem Gesicht. Hinter ihnen steigt eine dünne Rauchfahne in den Himmel.

Sam klemmt das Geld unter seine Tasse und die drei machen sich auf in Richtung Auto. Eine rundliche Amerikanerin am Nebentisch sieht ihnen nach und raunt ihrer Freundin zu: «Die sind doch Guides, habe ich mitbekommen. Warum gehen die jetzt so plötzlich?» Als Sam zurückblickt, sieht er, wie die Leute von den umliegenden Tischen ihre Rucksäcke umschnallen und nach Ragnar winken.

Sam steuert den Citroën rumpelnd über die Schotterstraße auf die breite Ringstraße. Jace und Emma starren auf ihre Handys.

«Das war zweimal über 4.0, zeigt die Homepage der Behörden des Icelandic Met Office», brummt Jace. «Und auch am Langjökull hat es in der letzten Stunde wieder einen Schwarm mit über dreißig Beben gegeben, eins sogar über 5», antwortet Emma.

«Über 5? Dann wollen wir mal hoffen, dass die Wände der Silfra standgehalten haben. Verdammt, was geht hier ab?», fragt Sam besorgt.

Während sie über die Ringstraße in Richtung Reykjavik düsen, diskutieren sie die Lage.

«Die Behörden haben das schon im Griff und werden, falls es wirklich nötig wird, rechtzeitig informieren und Maßnahmen ergreifen», meint Jace. «Schließlich haben sie Hunderte von Messstationen und beschäftigen eine halbe Armee von Geologen. Die wissenschaftlichen Daten reichen mindestens zwei Jahrhunderte zurück. Schließlich ist es nicht das erste Mal, dass es ein wenig ruppiger zugeht auf der Erdkruste, ohne dass etwas passiert ist. Und beim Eyjafjallajökull vor acht Jahren hatte man rechtzeitig gewarnt und niemand ist zu Schaden gekommen.»

«Die Behörden überall auf der Welt werden durch die Politiker und die Finanzen bestimmt, das ist sogar beim Wetterbericht in der Schweiz so», entgegnet ihm Sam. «Die Geologen auf Island werden einen Teufel tun und die Saison der Touristen gefährden. Eine Warnung über einen gigantischen Vulkanausbruch, Erdbeben, Erdrutsche und Eis-Tsunamis, die von den Gletschern ins Tal rollen, sind keine gute Werbung für das Land. Außerdem: Was ist, wenn die Leute panikartig das Land verlassen wollen? Die Airlines sind sowieso voll ausgebucht. Einen Run auf den Flughafen ist das Letzte, was man in den Weltnachrichten sehen will.» Er kneift seine Augen zu, um im grellen Sonnenlicht den Schlaglöchern, die der Frost des letzten Winters zurückgelassen hat, auszuweichen.

«Ja klar», schaltet sich Emma ein, „aber glaubst du, Bilder von einem Vulkanausbruch, bei dem Tausende ums Leben kommen, sind willkommener?»

«Willkommen nicht», antwortet Sam, «aber dann wäre der Schaden sowieso nicht mehr zu begrenzen. Die Weltgemeinschaft würde es nach ein paar Wochen oder Monaten wieder vergessen haben, wie bei einem Terroranschlag. Und der Wiederaufbau der Infrastruktur würde sowieso seine Zeit dauern. Bei einem Fehlalarm wäre der Schaden fast derselbe. Wie würdest du entscheiden? Ein paar hundert Millionen Schaden für die Branche, ein paar hundert Bankrotte – vielleicht wegen nichts – oder abwarten?»

«Die Menschen können doch unmöglich so geldversessen sein. Das ist doch Wahnsinn! Es geht um Menschenleben, auch um unseres!», wirft Jace ein.

Sam erwidert ihm nach hinten über die Schulter: «Oh doch, mein Freund. Die Menschen sind wahnsinnig. Schau dir doch an, was unsere Gier in der Natur schon angerichtet hat.»

Sieben

Als sie bei V18 ankommen und die Küche betreten, scheint dort eine Sitzung stattzufinden. Drake und Tara sitzen auf den Lehnen ihrer Stühle und blättern in Computerausdrucken.

«Wir haben uns heute nochmals mit den Behörden abgesprochen. Es herrscht zwar ein erhöhter Alarmzustand und die Situation wird rund um die Uhr analysiert, aber zurzeit werden keine Maßnahmen für den Þingvellir Park ergriffen», referiert Drake.

«Wir kommen gerade aus Vík», mischt sich Jace ein. «Da hat es ganz schön gerumpelt und es stieg Rauch auf von Katla ...»

«Das ist eine andere Situation. Tatsächlich hat es heute Nachmittag wiederum mehrere starke Beben in der Caldera von Katla gegeben. Der Rauch stammt übrigens nicht von Katla, sondern von einem Transformator, der die Antennen und Messstationen mit Strom versorgt. Der hat offenbar die Erschütterungen nicht überlebt», erklärt Tara mit ernster Miene.

«Und was heißt das jetzt für uns?», fragt Sam und stellt sich vor Drake und Tara auf.

«Setz dich erst mal hin, Sam», antwortet Drake und versucht ihn zu beruhigen. «Die Situation um Katla ist in der Tat nicht ohne. Es gibt starke Tremoranzeichen, die auf einen bevorstehenden Ausbruch hindeuten. Allerdings hat die gute Katla dieses Spielchen in den letzten Jahren schon dreimal mit den Geologen getrieben, ohne dass etwas passiert ist. Selbst bei einem Ausbruch wären wir nur indirekt betroffen. Die Touristen würden wohl ausbleiben und im worst case würden wir hier festsitzen, weil keine Flüge mehr möglich wären, aber sonst? Wohl kaum größere Auswirkungen.»

«Und im Þingvellir?», fragt Sam.

«Das habe ich gerade versucht zu erklären, als ihr hereingekommen seid. Ich fange noch mal von vorne an», seufzt Drake. Chuck dreht sich mit verschränkten Armen um zu den Neuankömmlingen und rollt, zu den anderen gewandt, genervt die Augen.

Drake fährt fort: «Am Langjökull gab es, wie wir alle wissen, in den letzten Tagen und Stunden mehrere Erdbebenschwärme. Einige der Erschütterungen waren auch an der Silfra zu spüren. Heute Mittag, ungefähr zu der Zeit, als die Stöße bei Katla stattfanden, gab es wieder etwa zwanzig, allerdings keinen über 3.0. Wir haben mit den Rangern die Felsen an den Wänden der Silfra geprüft. Es ist alles stabil. Somit wurde Entwarnung gegeben. Wir können unsere Touren wie geplant durchführen. Allerdings haben wir ein Alarmtelefon eingerichtet. Die Ranger werden uns sofort informieren, falls wir abbrechen oder aus dem Park abhauen müssten.

«Und was sagt Jon Frieman?», fragt Emma. Chuck gibt einen seiner blökenden Lacher zum Besten.

«Jon ist zwar Geologe und betreibt einen Blog, aber er hat keine Kompetenzen, irgendwelche Maßnahmen vorzuschlagen», antwortet Tara mit einem Schmunzeln.

«Das habe ich nicht gemeint. Was sagt er zu der Situation?», hakt Emma nach.

«Die Behörden haben ihm gedroht, seine Website zu blockieren, falls er weiterhin seine apokalyptischen Fantasien publiziert», fällt Chuck ein. «Der Typ will doch bloß Aufmerksamkeit erhaschen, indem er Schreckensszenarien zum Besten gibt.»

Sam schaut von seinem Handy auf und sagt: «Tatsächlich, kein Update seines Blogs seit heute Morgen ...»

Chuck wirft grinsend den Kopf in den Nacken, streicht seine langen Ponyfransen zurück und sucht mit seinem Blick nach Marie, doch sie schaut nur grinsend zur Decke und rollt die Augen.

«Dann haben wir ja alles geklärt. Alles wie gehabt und schaut euch regelmäßig die Nachrichten in unserer WhatsApp-Gruppe an. Ich informiere euch über alle News. An die Arbeit – diejenigen, die Schichten vor sich haben», sagt Drake und erhebt sich.

Tara und Drake klopfen noch ein paar Schultern und verziehen sich ins Office. Die Kunden warten.

Die Runde löst sich auf. Piet schlurft in seinen Schlappen mit einem Badetuch um die Hüften in Richtung Duschen. Barbu und Simi durchsuchen ihren Spind nach Essbarem. Emma steht mit hängenden Schultern da. Die Sommersprossen scheinen dunkler geworden zu sein in ihrem bleichen Gesicht. «Pasta?», fragt sie Jace und Sam, die auf ihre Smartphones konzentriert sind. Beide nicken, ohne aufzuschauen.

Marie setzt sich neben Sam auf einen der freien Stühle. Er ist so auf sein Handy fixiert, dass er sie zuerst nicht bemerkt. Marie rückt den Stuhl näher, stützt ihren Arm auf den mit Brotkrümeln und Essensresten übersäten Tisch und betrachtet ihn von der Seite. Sam nimmt den knarrenden Stuhl wahr, ein Duft erreicht seine Nase, der ihm sofort ein

Wohlgefühl verleiht, und er spürt einen eindringlichen Blick auf sich. Sam schaut auf und blickt direkt in Maries Augen. Ihr Gesicht ist keine zwei Handbreit von seinem entfernt, sie betrachtet ihn neugierig. Etwas in ihrem Blick irritiert Sam.

Er erinnert ihn an seine Zeit als Manager-Nomade. Da hatte er gerne in Pubs mit anderen Industriesöldnern, die sich ihr Geld oder ihre Sporen in einem Schwellenland verdienten, ein Spiel gespielt, das „Wie lange ist er schon hier?" hieß.

Wenn ein Ausländer den Pub betrat, wurde er augenblicklich von Frauen umschwirrt; so war es ihnen allen ergangen. Die Damen schienen das Fremde regelrecht zu riechen. Er hatte nie herausgefunden woran sie das festmachten. Vielleicht lag es einfach an der leichten Unsicherheit, mit der Neuankömmlinge das Lokal betraten.

Jedenfalls hatte er jeweils mit den „Erfahrenen" um eine Runde Bier gewettet, wie lange der umschwärmte Typ schon im Land sein könnte. Das versuchten sie an seiner Reaktion abzulesen. Bekam er glänzende Augen und lud ein bis zwei der Damen sofort auf einen Drink ein, konnte er nicht länger als ein paar Tage hier sein. Winkte er jedoch lachend ab, tätschelte ein paar der Frauen höchstens an den Schultern, nahm seinen Drink an der Bar entgegen und suchte sich in aller Gemütsruhe einen Tisch, dann war er mindestens schon ein paar Wochen hier und hatte seine Lektion gelernt.

Wenn alle ihre Schätzung abgegeben hatten, wurde der Typ gefragt und wer sich am meisten verschätzt hatte, bezahlte die nächste Runde.

Männer aus dem Westen sind es einfach nicht gewöhnt, in einen Pub zu kommen und so unverblümt von Frauen angesprochen zu werden. In Europa kann ein Mann wochenlang in einer Bar sitzen, ohne von den anwesenden Frauen auch nur beachtet zu werden. Sicher gibt es das auch anderswo, vor allem natürlich in gewissen Etablissements und selbstverständlich hängt das auch von der Erscheinung ab, doch die Anmache «leichter Damen» ist unschwer zu erkennen. Die Frauen hier hatten jedoch eine andere Motivation als eine schnelle Nummer und waren äußerst geschickt. Sie wollten sich einen aus dem Westen angeln und ihn in sich verliebt machen, um hier wegzukommen – weg in ein besseres Leben und dafür waren sie bereit, sich voll und ganz hinzugeben. Ein Tauschhandel – durchaus mit vollem Einsatz und keine billige Nummer.

Dazu prüften sie ihre Beute mit fragenden Blicken: Ist er normal und behandelt eine Frau gut? Kann er für sie sorgen? Hat er Geld und ist großzügig? Ist er zu haben? Ist er liebenswert und ein

Mann, an dem man sich festhalten kann, vielleicht sogar Kinder haben?

Natürlich war Sam anfangs selbst auf diese verlockenden Blicke hereingefallen, hatte sich auf Dates eingelassen und gelernt, dass man hier als Verehrer erst ernst genommen wird, wenn man immer Blumen mitbringt – eine Marotte dieser Frauen, die zeigte, wie naiv sie im Grunde waren. Er hatte sich wie nie zuvor als Mann bestätigt gefühlt, wenn er eine Auserwählte fragte, was sie am Wochenende gemeinsam unternehmen könnten und sie darauf entrüstet antwortete, er wäre doch der Mann, sie würde alles gern tun, was er liebe.

Bald hatte er ebenso wie die meisten seiner Kollegen, die alle verblüffend ähnliche Geschichten erlebten, gelernt, welche Absicht diese Frauen verfolgten. Sie wollten so schnell wie möglich geheiratet werden, während die Männer es eher langsam angehen wollten. Meist dauerte den Frauen das zu lange und das Spiel begann mit einer anderen von neuem – mit fragenden, tiefen Blicken.

Welche Fragen verbergen sich hinter Maries Blick? Was liegt hinter den wunderschönen dunklen, braunen Augen?

Sie legt ihre Hand auf seine Schulter und er lässt das Handy in seine Brusttasche gleiten. Sie streicht liebevoll über seine Wange. Sein Herz klopft bis zum Hals und in seinem Magen macht sich ein flaues Gefühl breit. Er möchte etwas sagen, aber es wollen keine Worte über seine Lippen.

Seine misstrauischen Gedanken lösen sich auf wie Wolkenfetzen im isländischen Wind. Schließlich ist er in Island, nicht irgendwo in Osteuropa.

Marie hat ihn vom ersten Tag an in ihren Bann gezogen, diese sportliche, anmutige Französin mit dem unglaublich sexy Akzent, wenn sie Englisch spricht. Sie haben schon einige Schnorcheltouren gemeinsam geleitet und Sam hat sich oft mit verstohlenen Blicken an ihrem straffen Körper erfreut, wenn sie in ihren Anzug stieg. Wenn er den Reißverschluss an der Rückseite ihres blutroten Trockentauchanzugs hochzog, kam es ihm jedes Mal so vor, als würde er ihr den Verschluss an einem atemberaubenden Abendkleid schließen. Am liebsten hätte er sie von hinten umarmt und ihren Nacken geküsst, wenn sie ihre Haare aus der Neoprenmanschette an ihrem Hals zog.

Natürlich hat er sich nie irgendwelche Hoffnungen gemacht. Marie ist in den Dreißigern, sehr attraktiv und auch die jungen und knackigen männlichen Guides umschwärmen sie wie Bienen eine duftende Rose. Wenn eine Bartour in Reykjavik geplant ist, kann sie immer wählen, mit wem sie fährt, und wenn sie nach Hause will, meinen immer mindestens zwei oder drei Kollegen, es sei auch für sie nun an der Zeit. Da ist Sam, gute zwanzig Jahre älter mit leichtem Bauchansatz und rasiertem Schädel, keine ernstzunehmende Konkurrenz.

Oft, wenn sie zusammen als Team arbeiteten und zu zweit im Van vom Tauchshop in den Park oder zurückfuhren, unterhielten sie sich allerdings jedes Mal blendend. Marie schien angetan, wenn er von seinen Erfahrungen, den Führungsjobs und den Ländern, in denen er seine Abenteuer als Industriesöldner erlebt hatte, erzählte. Ihr gegenüber hatte er sich geöffnet, ihr vertraut, dass sie über sein früheres Leben nicht mit anderen reden würde.

Seine Belesenheit in Philosophie, Geschichte und Naturwissenschaften und seine Ansichten schienen ihr zu imponieren – so bildete er es sich zumindest ein. Manchmal rückte sie näher an ihn heran und legte ihren Arm um seine Schulter, während er am Steuer saß und sie souverän und sicher durch die Straßen fuhr, und er musste sich zusammennehmen, um sich noch auf den Verkehr konzentrieren zu können. Einmal hatte sie ihm sogar einen Kuss auf die Wange gedrückt als Dank, dass er ihre Kiste ausgeräumt und ihren Anzug zum Trocknen über die Heizung gehängt hatte und auch den Kuss auf seine Stirn nach dem gerade noch glimpflich abgelaufenen Tauchunfall glaubte er noch zu spüren.

Vielleicht steht sie ja eher auf Intellekt, fühlt sich mehr dadurch angezogen als durch einen schönen Körper. Bei diesem Gedanken fühlte Sam ein kleines Fünkchen Hoffnung in sich aufsteigen, dass auch sie sich zu ihm hingezogen fühlen könnte. Er hatte versucht, ihr Verhalten ihm gegenüber einzuordnen, sich einen Reim darauf zu machen. Vielleicht war es auch einfach ihre französische Kultur oder Kollegialität und nichts anderes. So hatte er darüber nachgedacht und versucht, keiner Illusion zu verfallen. Er sah ja, dass sie sich auch an andere Kollegen schmiegte oder einen Arm um sie legte. Das war also nichts, worauf er sich etwas einbilden konnte.

Sam sitzt stocksteif da wie ein Schuljunge, der von einem Mädchen zwei Klassen über ihm souverän umgarnt wird, und weiß nicht, wie er sich verhalten soll. Alle Bedenken des erwachsenen, lebenserfahrenen Mannes sind ausgeblendet, so sehr nimmt Marie ihn mit ihren Blicken in den Bann. Er spürt, wie sie mit ihrem Fuß seinen Rist antippt und riskiert einen Blick nach unten. Ihre nackten hübschen Füße sind aus den Schlappen geschlüpft. Sie trägt knappe, beige Boxershorts und ihre festen braunen Schenkel duften blumig nach einer Bodylotion. Sie scheint gerade aus der Dusche zu kommen. Auch der leichte Schwefelgeruch des warmen Wassers entströmt ihrem feuchten Haar.

Scheu streift sein Blick über das schlabbrige, verwaschene Tanktop, das Ian oder einem anderen Hünen und nicht ihr selbst zu gehören scheint. Es hängt locker über ihren runden Schultern und er könnte problemlos durch den Ausschnitt ihren Bauchnabel sehen, wenn er so schamlos wäre, sie noch länger zu mustern.

Verdammt! Seine Vernunft meldet sich. Kenne ich das nicht schon? Älterer Herr mit junger Frau. Was tue ich hier? Bin ich nur scharf auf sie oder dabei, mich über beide Ohren zu verlieben? Wenn ich sie einfach genießen will – okay, dann ist ja gut. Aber wenn ich mir Hoffnungen mache auf eine ernsthafte Beziehung mit dieser wunderbaren Frau ... Ich muss vorsichtig sein.

«Mon chér – machst du dir Sorgen?», sagt Marie, ihr hübsches Gesicht keine zehn Zentimeter von seinem entfernt.

«Hmm», ist alles, was Sam hervorbringt. Er klaubt wieder sein Handy aus der Brusttasche und ist sich sicher, dass sie schlicht und einfach an Informationen, an seiner Meinung interessiert ist – nicht an ihm. Der Zauber verfliegt. Marie richtet sich auf und schaut ihn fragend an.

«Ich glaube, die Behörden spielen ein gefährliches Spiel. Es geht um sehr viel Geld, aber auch um unser Leben», meint Sam und gestikuliert mit seinem Handy.

Emma stellt einen Topf mit Pasta auf den Tisch und verteilt Teller an Jace, Sam und Marie. Sam holt ein paar Dosen Bier aus seinem Kühlschrankfach. «Passend zu einer Henkersmahlzeit», meint er grinsend.

Die Küche ist menschenleer, als die vier stumm die Fusili mit Tomatensauce von ihren Tellern schaufeln. Ungewöhnlich – normalerweise ist in der Küche um diese Zeit Hochbetrieb. Es wird gekocht, die Erlebnisse des Tages werden ausgetauscht, derbe Witze zum Besten gegeben und zurück bleibt ein heilloses Chaos in der Spüle. Simi und Barbu haben sich mit ihren vollen Tellern in den Aufenthaltsraum vor den Fernseher verkrochen. Da scheinen sich auch die meisten der Crew auf dem Sofa und den schäbigen Fauteuils zu räkeln, um sich die News anzusehen.

Sam macht sich an den Abwasch, während Emma und Jace sich verabschieden – um sieben Uhr! Entweder haben die beiden das Bedürfnis nach Zweisamkeit, vielleicht Sex oder sonst was vor; so früh gehen sie sonst nie schlafen.

Chuck sitzt an einem der hinteren Tische und Sam beobachtet, wie er Marie mit festem Blick folgt, als sie aus der Küche geht. Auch Sam sieht Marie nach und als sie verschwunden ist, treffen sich die Augen der beiden Männer. Einen Moment lang meint Sam, ein aggressives Funkeln in den Augen zu erkennen, doch gleich darauf grinst Chuck, wedelt mit der Hand, als ob er etwas Heißes angefasst hätte, und nickt Sam zu.

Sam nickt zurück und widmet sich weiter dem Abwasch. Nachdem alles Geschirr verräumt ist, schlurft er aus der fast menschenleeren Küche ins Bad, gönnt sich eine ausgiebige Dusche und schlurft mit Adiletten an den Füßen in sein Zimmer. Sam hat keine Lust, sich an den Spekulationen und Diskussionen der anderen in dem fensterlosen Aufenthaltsraum zu beteiligen. Er zieht die Rollos hoch und späht nach draußen. Vor dem Fenster baumelt der Vorrat seines Lieblingsbiers – zehn Dosen Einstök, Icelandic Arctic Pale Ale – in einer Plastiktüte im Wind. Er fischt sich eine Dose hervor. Der Wind hat aufgefrischt und die Wolken, die über die Bucht treiben, versprechen waagerechten Regen.

Er kickt die Schlappen unters Bett und setzt sich auf die Matratze, da klopft es leise an der Tür.

Sam steht auf, zieht das Badetuch um seine Hüften straff und öffnet die Tür einen Spalt breit.

«Störe ich?» Marie hält ebenfalls eine Dose Einstök in der Hand und schmunzelt durch den Türspalt, als sie Sams Aufmachung sieht. Freundschaftlich schaut sie ihn an, wie einen Teamkollege. Sam öffnet die Tür.

«Keinesfalls! Bitte komm herein. Ich muss mir noch schnell was anziehen», murmelt er, eilt zum Kleiderschrank und zieht seine thailändischen Fischerhosen vom Tablar. Die Schranktür bietet ihm etwas Deckung. Er schmunzelt über seine jugendliche Schamhaftigkeit, lässt das Badetuch fallen, schlüpft in die Hose und setzt sich mit nacktem Oberkörper neben Marie, die es sich bereits auf seiner Matratze gemütlich gemacht hat, andere Sitzgelegenheiten gibt es in dem Zimmer ja nicht.

«Du bist ganz schön in Form für dein Alter», bemerkt sie, mustert ihn wohlwollend und prostet ihm zu. Sam schaut sie skeptisch an.

«Ähm – ich wollte sagen: Du bist gut in Form», setzt sie hinzu und beide lachen.

«Ich bin gekommen, um dich zu fragen, was du von der ganzen Sache hältst. Es ist offensichtlich, dass du es ernster beurteilst als die anderen. Ich kenne dich nicht als ängstlichen Typen und das beunruhigt mich», sagt sie und legt ein Knie seitlich auf das Bett, um ihm gegenüberzusitzen. Sam tut es ihr nach und schaut sie an. Wieder stockt ihm der Atem. Die Situation beginnt, ihn wieder aus der Fassung zu bringen. Maries Nähe und Ausstrahlung, ihre Anwesenheit in seinem Refugium – ihm wird bewusst, wie intim sie beide dort sitzen auf seinem eigenen Bett. Er schluckt und kann kaum verbergen, wie ihn das aufwühlt.

«Was ist?», fragt Marie, als sie seine Unsicherheit bemerkt.

«Nun ja, ich möchte nicht sagen, du bist auch ganz schön in Form für dein Alter», erwidert Sam, «weil das eher untertrieben ist. Du siehst reizend aus.» Er lächelt sie an und gewinnt seine Fassung wieder. Sie ist also wegen des Erdbebens gekommen, um seine Meinung dazu zu hören und nicht wegen ihm.

«Ach, hör auf.» Marie lächelt zurück. «Nun erzähl schon.»

Er spürt eine leise Enttäuschung und gleichzeitig ist er beruhigt, froh, dass er sich nicht zum Narren gemacht hat vorhin in der Küche und sich dazu hinreißen ließ, ihr seine Gefühle zu offenbaren; es hatte nicht viel gefehlt.

«Ich weiß nicht mehr als alle anderen», grummelt er zögernd.

«Aber du hast eine andere Meinung. Nun komm schon. Spann mich nicht auf die Folter. Schließlich soll ich morgen mit dir ins Wasser und da will ich wissen, worauf ich mich einlasse», dringt sie weiter in ihn und knufft ihn gegen die Brust.

«Da brauchst du dich nicht zu sorgen. Ich werde dir keine Schande machen», meint Sam lachend und prostet ihr zu. «Was ich heute mit Emma und Jace bei Vík erlebt habe, war schon ziemlich furchteinflößend. Es knarzte und krachte, als wenn riesige Steinplatten bersten. Danach war es mucksmäuschenstill. Sogar das Schreien der Möwen war verstummt. Danach dieses Grollen, wie bei einem Gewitter, nur viel dumpfer und leiser, als käme es tief aus der Erde. Als sei ein riesiger Troll da unten aufgewacht, hätte sich gestreckt und seine Schlaftrunkenheit vertrieben», fährt er fort.

«Du bist ja ein richtiger Poet», erwidert Marie mit tiefer Stimme.

Sam winkt ab und lacht. «Was ich von Jon Friman erfahren habe, finde ich beunruhigend. Er hat mir erzählt, dass Katla seit Jahren überfällig sei und seiner Meinung nach ein gewaltiger Ausbruch bevorstehe.»

«Hmm, habe ich auch gehört. Hat er etwas zum Langjökull und den Beben im Þingvellir Park gesagt?».

«Er meint, es könne auch dort zu einem Ausbruch einer der Vulkane im System kommen oder zumindest zu schweren Beben oder gar zu einem Lahar.»

«Was ist denn das?», fragt Marie mit großen Augen.

«Ein Lahar ist ein Schlamm- und Schuttstrom, der von einem Vulkan ausgeht. Hat mir Jon erklärt. Er entsteht, wenn Eis durch die aufsteigende Magma explosionsartig schmilzt und mit Felsbrocken und Schutt als Flutwelle ins Tal donnert. Je nach Geländeneigung können Lahars durch die Schwerkraft offenbar eine Geschwindigkeit bis zu hundert Stundenkilometern erreichen, über hundert Kilometer weit fließen und große Gebiete überschwemmen. Überdies kann so ein Ding bis zu hundert Grad Celsius heiß sein», erklärt Sam und genießt die Furcht in Maries Augen. Er liebt es, seit er als Teenager begann, sich für Mädchen zu interessieren, zuerst mit dramatischen Erzählungen Angst bei Frauen zu erzeugen, um dann den Beschützer mimen zu können, und fährt fort:

«Wäre nicht toll, wenn man gerade mit einer Gruppe in der Silfra schnorchelt. Aber Chuck und die anderen meinen, Jon sei ein Apokalyptiker – was stimmen mag. In früheren Blogbeiträgen hat er mehrmals vor Ausbrüchen gewarnt, ohne dass je einer eingetroffen ist. Und beim Eyjafjallajökull hat er interessanterweise behauptet, dass es nur Bewegungen der Spalten und kein aufsteigendes Magma gewesen sei. Ich weiß nicht, was ich glauben soll, aber es muss ja nicht immer gleich zum Schlimmsten kommen», meint Sam und zuckt mit den Schultern.

Marie beugt sich vor, legt ihren Kopf an seine Schulter und flüstert: «Ich weiß einfach nicht ... Ich habe ein komisches Gefühl und manchmal richtig Angst.»

Sam sitzt kerzengerade da und legt etwas steif, aber sanft seinen Arm um sie. «Mir geht es nicht anders», flüstert er ebenfalls. Nun wäre es Zeit, den Beschützer hervorzukramen, doch er fühlt sich gehemmt und schüchtern.

Sie hebt den Kopf, streift mit ihrem Blick seinen Arm, lächelt verstohlen und sieht ihm direkt in die Augen.

Sam glaubt, in ihren nussbraunen Augen zu versinken. Der Moment scheint eine Ewigkeit zu dauern. Er hält sie in den Armen und betrachtet ihr Gesicht. Die feinen Lachfältchen um ihre Augen, die kleinen, braunen Sommersprossen neben winzigen Narben auf ihrer Nase. Ihr immer noch leicht feuchtes Haar liegt auf seinem Unterarm.

Marie fühlt, wie sich eine wohlige Wärme in ihrem Schoß ausbreitet, aber auch ein leichtes Unbehagen. Was passiert hier gerade? Ist sie dabei den „bärtigen Teenie", wie die anderen Guides Sam hinter seinem Rücken nennen, zu verführen?

Den Spitznamen hat er seiner Schüchternheit zu verdanken, die er nicht verbergen kann, wenn er von Kundinnen Komplimente erhält, und weil er in der Ananas Bar schon mal fluchtartig zur Toilette musste, weil eine der stämmigen Isländerinnen heftig und hemmungslos mit ihm zu flirten begann. Was würde sie für einen Spitznamen erhalten, wenn es die Runde macht, was sich hier anbahnt?

Aber gut – sie weiß, dass sie sowieso als „Lebefrau" gilt, hat in den wenigen Wochen hier bereits zwei Affären gehabt. Einmal hat sie sich fast in einen Kollegen verliebt, doch die Sache noch rechtzeitig beendet, als sie bemerkte, was für ein unzuverlässiger Zeitgenosse der Typ war. Auf sowas stand sie gar nicht.

Was ist schon dabei, wenn sie sich noch ein bisschen mehr auf den „bärtigen Teenie" einlässt? Gerade ältere Männer sollen besonders gute Liebhaber sein, hat sie gehört.

Marie verscheucht ihre Gedanken, umfasst seine Hüfte, zieht sich ein Stück näher an ihn heran und schmiegt sich in seinen Arm. Es ist still – als warteten sie auf ein Signal. Sam streicht ihr eine Haarsträhne aus dem Gesicht und streichelt liebevoll über ihre Wange. Er betrachtet ihre Augen, die schmale Nase, den sinnlichen Mund, den Haaransatz über ihrer Stirn, der von kurzen Härchen, frech herausstehend, gesäumt ist. Marie sinkt noch ein wenig tiefer in seine Arme, legt ihre Hand um seinen Nacken. Langsam zieht sie seinen Kopf näher zu sich. Nur noch wenige Zentimeter trennen ihre Lippen voneinander. Sie hält inne, schaut ihm tief in die Augen und schließt ihre Lider. Sam küsst langsam und zärtlich ihre Oberlippe. Ihr Körper wird weich, entspannt sich. Heiß und brennend spürt Sam, wie seine Lenden zu pulsieren beginnen.

Da klopft es. «Sam – schläfst Du?», raunt Chucks dunkle Stimme vor der Tür.

Maries Körper erstarrt. Sie schauen sich fragend an. Soll er antworten? Die Tür ist nicht abgeschlossen. Was, wenn Chuck einfach unaufgefordert hereinkommt und die beiden zusammen auf Sams Bett sieht?

Sam legt den Zeigefinger an seine Lippen, dann an Maries und schüttelt den Kopf. Marie nickt möglichst leicht, als ob Chuck sonst draußen vor der Tür ihre Bewegung hören könnte. Die beiden lauschen angestrengt. Durch die Tür dringt nur leise Musik, das übliche Gemurmel der Bewohner und hie und da ein leises Lachen, wenn im Aufenthaltsraum die üblichen Sprüche geklopft werden.

«Sam?», dringt nochmals Chucks Stimme durch die Tür, diesmal näher. Offenbar hat er seinen Kopf zum Lauschen an die Tür gelegt. Sie starren auf die Klinke, die sich langsam, fast unmerklich ein wenig nach unten bewegt. Beider Körper sind von Kopf bis Fuß angespannt wie unter einer Anstrengung. Gebannt starren sie zur Tür. Nach einer gefühlten Ewigkeit bewegt sich die Klinke wieder zurück und kurz darauf hören sie ein schlurfendes Geräusch von Schlappen, das sich langsam entfernt.

Marie atmet erleichtert auf und sinkt an Sams Brust. Das hätte ihr gerade noch gefehlt: Chuck und Sam geraten wegen ihr aneinander!

«Es scheint, du wirst vermisst», flüstert Sam lächelnd.

«Wieso ich? Er wollte doch zu dir.»

Sam schmunzelt. Es gefällt ihm, dass ER Marie in seinen Armen hält – die von allen so begehrte reizende Französin.

Sam senkt seinen Kopf und blickt sie an. Sie sieht den Schalk in seinen Augen, ein „Jetzt-erst-Recht". Verschwunden ist der „bärtige Teenie". Sie fühlt sich von einem Mann in den Armen gehalten, der sie erobern will, doch da ist noch mehr. Verwundert lauscht sie ihren Gedanken.

Vielleicht würde sogar mehr daraus werden und sie könnte sich zum ersten Mal in ihrem Leben einlassen, sich öffnen, ihren Fluchtinstinkt überwinden, der sie jedes Mal überkommt, wenn es ernst zu werden beginnt.

Sam erscheint ihr anders als die Männer, mit denen sie bisher näher zu tun hatte. Er ist kein unbeständiger Abenteurer, besitzt Lebenserfahrung und – er ist ernst zu nehmen, nicht auf der Jagd nach Affären wie alle anderen hier. Das macht ihn ungemein sexy und anziehend.

Eine neue, unbekannte Art des Begehrens breitet sich in Marie aus. Sie will sich hingeben. Sie will ihn ganz haben – nicht nur seinen Körper, sondern auch sein Herz, sein ganzes Wesen.

Sie schließt die Augen, zieht Sam mit der Hand am Nacken zu sich und küsst sanft seinen Mund, forschend nach seinen Gefühlen, seinen Gedanken, nach den Gründen, warum er sie so annimmt und begehrt. Es scheint sich tief in ihr etwas zu öffnen, den Griff zu lockern, um etwas, was sie ihr ganzes Leben lang beschützend festgehalten hat. Sie lässt es zu diesmal, legt keinen Ring um ihr Herz wie sonst, wenn es ihr zu nah wurde.

Vergessen sind Gefahren und speiende Vulkane. Hier auf dem maroden Bett, in dem schon unzählige Tauchguides und Lebensabenteurer ihr Ohr aufs Kissen gelegt haben, in diesem schlichten Zimmer knistert es wie in den tektonischen Platten, wenn sich aufgebaute Spannungen lösen und die Erde bebt.

Sie küsst ihn forscher, umschließt seine Lippen mit den ihren. Ihre Zungenspitze tastet nach seiner. Er öffnet seinen Mund, nur ganz leicht, und – als würde ein Damm brechen, ergeben sie sich ihrem Verlangen. Sie fallen zusammen aufs Bett, zerren an den Kleidern des anderen und an den eigenen. Sie zieht ihr Tanktop hoch bis zum Hals, ohne dabei seine Lippen zu verlassen, die sie mal mit zärtlichen, dann wieder mit festen Küssen bedeckt, wandert über sein Gesicht, die Augen, die Stirn und immer wieder zum Mund.

Sam streicht mit seinen Händen über ihren warmen Rücken. Er spürt ihre leichte Gänsehaut. Sie hält seinen Kopf in ihren Händen, saugt und leckt an seinem Mund wie an einem köstlichen Eisbecher. Er spürt ihre festen Brüste sachte an seinem klopfenden Herzen, fühlt wie ihre Brustwarzen sich aufrichten und warm über seine Haut streichen.

Sie schauen sich an, lauschen ihren bebenden Atemzügen.

Maries Augen scheinen fast schwarz zu schimmern. Das Gefühl, sich sicher fallenlassen zu können, fließt durch jede Faser ihres Körpers. Ein solches Gefühl von Vertrauen hat sie bisher noch in keinen Armen eines Liebhabers verspürt. Es stimmt offenbar: ältere Männer haben Qualitäten, die junge erst noch entwickeln müssen. Eine neue Erfahrung von Getragensein und Geborgenheit brennt sich in ihr Herz. Selbst als Kind hat sie dieses Gefühl auch mit ihrem Vater nicht gekannt, der meist durch Abwesenheit geglänzt hatte und wenig

Interesse an seiner Tochter gehabt zu haben schien.

«Letzte Chance – point of no return», meldet sich Sams Vernunft. Er betrachtet Marie, die mit geschlossenen Augen und zitternden Lippen auf ihm sitzt.

Es ist nicht ein Zögern vor der Erwartung, mit einer derart begehrenswerten Frau zu schlafen. Auch droht keine Reue, wie er sie in jungen Jahren häufig hatte, wenn er sich nicht hatte beherrschen können, untreu war und sich selbst dafür verurteilt hatte. Nein, die Lust auf Marie pulsiert ungebremst durch seinen Körper. Doch da ist auch sein Wunsch nach mehr, danach, sie nicht wieder zu verlieren.

Die Erinnerung an Bruna steigt in ihm auf. Wird er nicht wieder in genau derselben Zwickmühle enden? Wird er jetzt den Mut haben, sich darauf einzulassen, oder Marie verletzen, so wie er damals Bruna verletzt und auch sich selbst Leid zugefügt hat?

Marie bemerkt sein Zögern, öffnet ihre Augen und schaut ihn fragend an, betrachtet ihn mit warmem Blick und beißt sich auf die Unterlippe.

Sam streichelt sanft ihren warmen Bauch, spürt die straffen Muskeln unter der weichen Haut und gleitet mit seinen Händen weiter nach oben zu ihren vollen Brüsten.

Da kracht es und das billige Bett fällt zusammen. Die Matratze sinkt ein, Marie fällt auf sein Gesicht und sie brechen in schallendes Gelächter aus.

«Eine tolle Einrichtung hast du da», lacht sie. Sam küsst ihre Brust, saugt sich fest und bewegt seine Lippen hoch zur samtweichen Haut an ihrem Hals. Er atmet den wohligen Geruch ihrer sonnengebräunten Haut ein, lockert seine Umarmung, um ihr Gesicht mit Küssen zu bedecken.

Marie legt sich zurück, beginnt, langsam seine Hose zu öffnen und streift geschickt ihre eigenen Boxershorts bis zu den Knien herunter. So gefangen, beugt sie sich zu ihm hinunter, küsst seinen Mund, während sie mit den Beinen zappelt und mit einer Hand nachhilft, um sich aus den Shorts zu befreien.

Marie weiß, was sie tut. Sie nimmt seine Hände und legt sie sich selbst um die Hüften. Sie atmet bebend ein und aus, gräbt ihre Nägel in seine Brust. Seine Muskeln erregen Marie bis in die Haarspitzen. Ihre Kopfhaut kribbelt und Schauer laufen über ihren Rücken. Es sind nicht Sams breite Schultern, seine beachtlichen Muskeln – da hatte sie schon ganz andere Körper unter ihren Händen. Es ist die Kraft, die von seiner Brust ausgeht und sie bis in ihr Innerstes erschaudern lässt, die Ruhe und Stärke, mit der er, wie ein Fels in der Brandung, ihre Lust, ihr Begehren empfängt.

Er ist Mann genug, um ihr die Führung überlassen zu können. Und doch ist spürbar, dass auch er diese Rolle übernehmen kann und er es ebenso liebt, sie kraftvoll zu leiten und zu verwöhnen, sie zu nehmen, weil er spürt, was sie braucht, was ihr guttut.

So kann sie sich ihm ganz hingeben. Ihr Ritt auf ihm geht von sanftem Trab in wilden Galopp über, während sie die fordernden, starken Hände an ihren Hüften spürt, die sie antreiben.

Marie lässt sich ganz langsam sinken. Ihre Schenkel gleiten über seine Lenden und kleine Blitze jagen durch seinen Körper. Immer wieder schauen sie sich gebannt in die Augen. Sie spürt Sams Lust unter sich, legt seine Hände an ihre Hüften und lässt ganz sanft ihr offenes Becken über ihn gleiten. Sam schließt mit einem leisen Stöhnen seine Augen.

«Das Magma beginnt in der Caldera aufzusteigen – der Tremor hat begonnen», meint sie leise und gurrt lächelnd. Er schmunzelt.

Sie beugt sich zu ihm hinunter, drückt ihren warmen Busen auf seine Brust und – nimmt ihn nochmals tief in sich auf. Fest umschlungen, von kleinen, ruckartigen Bewegungen ihrer Hüften in eine schwindelerregende Erregung versetzt, liegt Sam da. Die Welt um ihn herum versinkt, während er in einem Wirbel immer höher steigender Wonne in den Himmel fliegt.

Die beiden spüren das Beben nicht, dass V18 in diesem Moment erzittern lässt.

Acht

Sam sitzt hinten auf der Ladekante des offenen Vans und schaut genervt auf seine Uhr – schon fast sechs. Die Gruppe der Golden-Circle-Tour, die hier zum Abschluss noch schnorcheln sollte, ist seit einer halben Stunde überfällig. Immer dasselbe mit den Asiaten, flucht er innerlich und schaut sich nochmals die Liste an. Die haben sicher ihre Speicherkarten am Geysir und am Gullfoss – dem golden schimmernden Wasserfall, welcher der Tour ihren Namen gibt – vollgeschossen, denkt er unwillig.

Spätestens um acht will er zurück sein, um mit Marie essen zu gehen. Sie haben sich für eine gemeinsame Pizza verabredet, sie will bei V18 auf ihn warten. Es ist das erste Mal, dass er sie allein für sich haben würde, seit sie vor drei Tagen am frühen Morgen aus seinem Bett geschlichen ist, um sich für ihre gemeinsame Schicht anzuziehen. Sein Körper reagiert sofort auf die Erinnerung an die Liebesnacht. Wärme breitet sich von seinem Bauch her aus und kriecht angenehm seine Brust hoch.

Ihm wird bewusst, wie sehr er sich an das dauernde leichte Frieren auf den Touren gewöhnt hat. Der Anzug schützt vor der brutalen Kälte im Wasser, aber durch den Gummi kann die Haut nicht atmen, die Feuchtigkeit setzt sich in dem Unterzieher fest. Meist ist der isländische Sommer eine Mischung aus Nieselregen, starkem Wind und ein paar Sonnenstrahlen und mit den leicht feuchten Klamotten ist die Grenze zum Zittern den ganzen Tag lang sehr nah.

Diese Wärme, die von seinem Bauch ausgeht, wärmt nicht nur seinen Körper – sie wärmt sein Herz. Sie macht ihm auch das konstante leichte Frieren in seinem Leben bewusst, ausgelöst durch die Feuchtigkeit der ungestillten Sehnsucht nach Nähe. Obwohl aus dieser Wärme ein so wunderbares Gefühl entsteht, es sich anfühlt, als käme er aus einem Schneesturm in die Sicherheit und Wärme nach Hause, erzeugt sie auch eine leise, dumpfe Angst, eine Vorahnung vielleicht, bald wieder nach draußen in die Kälte geschickt zu werden.

Sam schmunzelt über seine Gedanken. Ist er dabei sich zu verlieben? Will er das? Sich dabei verletzen und zum Narren machen? Ein älterer Herr, der sich einbildet, er sei tatsächlich attraktiv genug, um eine junge Frau, die ihr ganzes Leben vor sich hat, zu erobern. War das nicht schon bei Bruna so gewesen? Nein, da war es er, der freiwillig wieder nach draußen in die Kälte gegangen war.

Auf der ersten Schnorcheltour nach der gemeinsamen Nacht war Marie herzlich, aber distanziert. Sam kann das verstehen. Was zwischen ihnen ist, hätte er nicht vom grölenden Chuck kommentiert haben wollen. Wenn da überhaupt etwas ist. Vielleicht war es ja nur die dumpfe Bedrohung, Angst oder einfach Lust, die sie in seine Arme hat sinken lassen. Gut möglich!

Seither haben sowohl der Langjökull wie auch Katla Ruhe gegeben. Ein paar kleinere Schwärme, einige schwächere Erbeben hat es noch gegeben. Nichts Außergewöhnliches für ein Land, das oft über tausend kleine Beben pro Woche verzeichnet. Vielleicht haben die Behörden recht, dass Verschiebungen in den Platten stattgefunden, sich die Spannungen gelöst haben und nun wieder Ruhe, also das normale, sporadische Zittern der driftenden Kontinentalplatten, eingekehrt sei.

Vielleicht war es auch nur eine Spannung zwischen ihm und Marie, die sich gelöst hat? Jedenfalls – er muss einsehen, dass er dabei ist, sich Hals über Kopf in sie zu verlieben. Er kann nichts anderes mehr denken als Marie hier und Marie da.

Wo bleibt der Fahrer nur mit den Kunden?

Missmutig schaut er in den Himmel. Gleich wird es auch noch zu regnen anfangen und wenn der Wind so böig bleibt, wird das kein Spaß, eine Gruppe von schnatternden Chinesen in die Anzüge zu packen.

Das Thermometer an der Frontscheibe des Vans zeigt milde elf Grad, trotzdem friert Sam wieder ein wenig. Die Wärme, die von seinem Bauch aufgestiegen ist, scheint sich erschöpft zu haben.

Das Tauchen wurde für unbestimmte Zeit ausgesetzt. Die Behörden haben sich mit den Anbietern der Tauchtouren geeinigt, nach dem Vorfall zuerst neue Sicherheitsprozedere zu diskutieren und zu vereinbaren. Sam ist das mehr als recht – ihm sitzt der Beinaheunfall noch in den Knochen und offenbar hat sich sein Körper immer noch nicht ganz von der Unterkühlung erholt. So ist er froh, bis auf Weiteres nur noch Schnorcheltouren zu leiten. Dabei ist man der Kälte weniger ausgesetzt.

Wo bleiben nur die Chinesen?

Piet, sein holländischer Teamkollege für heute, streunt um den Wagen der drallen Rangerin des Parks herum. Wie alle anderen Guides will er wohl eine weitere Isländerin auf seiner Liste abstreichen.

Obwohl – so schätzt er Piet nicht ein. Ein feiner Kerl. Er hatte wohl eine elende Kindheit, mit einer

Mutter, die krampfhaft versuchte, einen Kerl als neuen Vater für ihn, das Einzelkind, zu rekrutieren. Die schienen sich aber nie für Piet zu interessieren und ließen sich nur für ein paar Wochen bei ihnen zuhause nieder, um seine Mutter auszukosten. So ist er schon mit sechzehn ausgezogen, um Psychologie zu studieren – was aber nicht geklappt hat. Im vierten Semester musste er aus Geldmangel aufgeben und eine Anstellung als Logistiker annehmen. Später entdeckte er in einem Urlaub das Tauchen und war sofort fasziniert. Es folgte die Ausbildung zum Tauchlehrer und der Job hier auf Island.

So hatte Piet es ihm vor ein paar Wochen erzählt, als sie zusammen hier hochfuhren. Eine nicht ungewöhnliche Geschichte für einen Tauchlehrer. Fast alle hatten ein turbulentes Leben hinter sich, bevor sie zum Tauchen kamen, er selbst war da keine Ausnahme.

Sam schaut zu, wie Piet lässig an dem Toyota Landcruiser mit den fetten Offroadreifen lehnt und sich angeregt mit der Rangerin unterhält. Da biegt hupend der Tour-Van in den Parkplatz ein. Endlich – die Gruppe ist da!

Sam steigt in den Van, um den Papierkram zu erledigen. Piet sucht währenddessen, passend für die zierlichen Asiaten, die kleinsten Tauchanzüge und entsprechenden Unterziehoveralls aus dem Material-Van zusammen. Sie wollen ihre letzte Schnorcheltour für heute zügig hinter sich bringen. Im Wasser würde es sowieso nicht lange dauern, das wissen sie aus Erfahrung. Für die meist kleinen und feingliedrigen Asiaten sind auch die XXS-Anzüge oft immer noch zu groß und obwohl man sie darin trocken halten kann, unterkühlen sie rasch und beginnen schon nach wenigen Minuten zu schlottern. Hauptsache, die Bilder sind geknipst – dafür sind sie schließlich da. Das ist durchaus nicht nur bei Touristen aus Asien so, doch nach seiner Erfahrung sind sie mit Abstand diejenigen, die am schnellsten zu frieren beginnen. Dann schnell zusammenpacken und ab zu V18 – auf direktem Weg zu Marie.

Als Sam aus dem Van steigt und die unterschriebenen Formulare mit einer Klammer zusammenheftet, erklingt ein dumpfes Grollen. Er schaut zum Himmel – es wird doch nicht auch noch ein Gewitter losbrechen? Da verliert er plötzlich fast das Gleichgewicht. Was ist das jetzt? Bevor er darüber nachdenken kann, wird es ihm klar: Ein weiterer heftiger Stoß erschüttert den Parkplatz und wie auf Kommando schmettern die Alarmanlagen einiger Vans los.

Er dreht sich in Richtung Silfra und fällt auf seinen Hintern. Wieder ein heftiger Erdstoß! Nun beginnt es, überall zu knacken und dumpf zu knallen. Wieder dieses Geräusch wie von berstendem Eis, das er schon in Vík gehört hat. Es knarzt und quietscht, als würden schwere Eisenplatten langsam übereinander gezogen. Es donnert und kracht rings umher. Ungläubig blickt er mit offenem Mund zum Himmel, als könne dieses Grollen nur von einem Gewitter herrühren. Doch da sind nur dunkle Wolkenfetzen, die an den Berghängen kleben. Wieder fühlt es sich an, als donnere ein schwerer Zug zwischen seinen Beinen hindurch. Das Zittern des Bodens, auf dem er sitzt, überträgt sich auf seinen Körper bis in die Fingerspitzen.

Nun kommt Bewegung in die Menschenmenge. Die Chinesen rennen schreiend zurück in den Van. Sam springt auf und sieht den totenblassen Fahrer die Hände ringen. Sam gestikuliert, er solle mit der Gruppe abhauen, worauf dieser mit quietschenden Reifen vom Parkplatz braust. Wie auf ein Startsignal rasen nun auch andere Gruppen mit ihren Fahrzeugen in Richtung des Parkeingangs auf die Ringstraße zu.

Sam schaut sich nach Piets Van um, der konfus und erschrocken aus einem Wust von Material auftaucht und sich daraus zu befreien versucht.

Die anderen Teams von Silfra Scuba sind gerade auf einer Tour. Mickey und Julia, Jace und Emma, Chuck und Ian sowie Barbu und Simi sind mit ihren Gruppen entweder noch in der Silfra-Spalte, in der Lagune oder auf dem Weg zurück zum Parkplatz.

Ian spurtet mit hochrotem Kopf über die Straße auf Sam zu. «Wir brauchen Hilfe! Verdammt – die Silfra bricht ein und es gibt Verschüttete! Ruf um Hilfe!», schreit er von weitem. Als der hünenhafte Ian vor ihm steht, beugt der sich vor und stützt sich keuchend auf seinen Knien ab. Sein Atem pfeift, er hustet und spuckt auf den Boden. Bei dem Sprint in dem Anzug hat sich dieser Berg von einem Mann völlig verausgabt. Sam beugt sich zu ihm herunter. Mehrmals öffnet Ian seinen Mund, Speichel rinnt über seinen Bart und seine weit aufgerissenen Augen flackern, doch er bringt kein verständliches Wort über seine Lippen.

Sam drückt ihm sein Handy in die Hand und Ian nickt. Er richtet sich auf und sieht Piet, der wie angewurzelt neben ihnen steht und sie entgeistert anstarrt.

Sam zerrt Piet am Arm und rennt mit ihm in Richtung Silfra. Oben an der Einstiegsplattform angekommen, müssen sich beide am verbogenen Geländer festhalten. Wieder bebt die Erde heftig. Felsbrocken und Steine fallen polternd in die sonst spiegelglatte Silfraspalte und verwandeln das Wasser in einen brodelnden Kessel.

«Das überlebt keiner – die sind alle tot!», schreit Piet ihm zu. Aus dem Langjökull Gletscher steigt eine Rauchsäule hoch. Das kann doch nicht wahr sein! Offenbar ereignet sich fünfzig Kilometer hinter ihnen auch noch ein Vulkanausbruch. Sam starrt auf den Gletscher und fühlt sich wie in einem Alptraum, als sei er halb wach, realisiert, dass er träumt und doch nicht richtig aufwachen kann. Was er da sieht, kann einfach nicht wahr sein. Es sieht aus wie die perfekten Computeranimationen aus einem Hollywoodstreifen. Sam blinzelt und hofft bei jedem Öffnen der Augen, der Film würde reißen und der majestätische Gletscher würde wieder in fahlen Blautönen vor ihm auftauchen.

«Wir müssen weg hier – sofort!», schreit Piet und dreht sich verzweifelt vom Langjökull zur Silfra, zu Sam und wieder zur Silfra.

Sam wird gewahr, in was für einem Inferno er sich befindet. Er dreht sich verzweifelt im Kreis in der Hoffnung, wenigstens einen Teil der Welt zu finden, die noch so ist, wie sie vor ein paar Minuten war.

Sam zerrt an Piets Arm und schreit: «Wir müssen sehen, wo die anderen geblieben sind!» Er klettert auf den Felsen neben dem Einstieg und Piet steigt ihm mit zittrigen Armen nach. Von dort bietet sich ihnen ein unfassbares Bild.

Sie sehen über die Silfra-Spalte hinweg den Þingvallavatn, den großen See, in den der Canyon mündet. Der See ist zu einem kochenden, brodelnden, riesigen Wasserschlund geworden. Es sieht aus, als sei in einer Badewanne der Stöpsel herausgezogen worden. In der Mitte kreist ein gigantischer Wirbel, in dem riesige Wassermassen in der Erde verschwinden. Das sonst ruhig und kaum sichtbar strömende Wasser der Silfra hat sich in einen reißenden Fluss verwandelt und donnert in den See. Über die Uferlinie fliegen lautlos Gruppen von Enten. Sie drehen Schleifen, als wüssten sie nicht, in welche Richtung sie sich in Sicherheit bringen sollen.

Wieder knackt und knarzt es überall und der Felsen unter ihnen zittert. Sam und Piet gehen in die Hocke und krallen ihre Finger in die Felsspalten. Auf das schleifende Knirschen folgt ein Knacken, als würden Zähne in einem riesigen Gebiss fest aufeinandergepresst und übereinandergerieben. Es knallt von berstendem Gestein und die Kiefer kommen zur Ruhe. Sie schauen sich keuchend in die Augen. Für Sekunden, die ihnen wie eine Ewigkeit vorkommen, kauern sie auf dem Felsen und warten auf den nächsten Erdstoß, doch nur das Brodeln des Wassers, das Poltern fallender Felsbrocken und das Klackern rutschenden Gesteins ist zu hören.

Sie halten sich an den Armen fest und richten sich auf. Obwohl der Boden ruhig ist, wähnen sie sich mit schlotternden Knien hoch über einem Abgrund auf einem schwankenden Balken. Sie sind wie gelähmt von panischer Höhenangst, unfähig sich zu bewegen und zu atmen.

Sam sieht über Piets Schulter hinweg, wie Chuck, zwei Schnorchler hinter sich her zerrend, über den Fußweg von der Lagune in Richtung Parkplatz rennt. Auch Emma, Jace, Simi und Barbu laufen hinter ihm. Wo sind die anderen rund zwanzig Touristen, die bei ihnen sein müssten? Und wo sind Mickey und Julia?

Sam löst sich von Piets Armen, schafft es trotz seiner schlotternden Beine, vom Felsen zu springen und erreicht mit staksigen Sprüngen über Felsbrocken die Straße vor dem Parkplatz. Piet folgt ihm und sie treffen auf die japsend nach Luft ringende Gruppe.

«Wo sind die anderen?!», schreit Sam.

«Keine Chance – die sind alle durch den Sog ... in den See gezogen worden. Mickey und Julia sind wahrscheinlich ... verschüttet. Sie befanden sich noch in der Spalte, während unsere Gruppen ... bereits in der Lagune waren», keucht Chuck, auf den Knien liegend.

«Wir sind nur herausgekommen ..., weil wir wie immer ... bereits auf der Ausstiegsplattform warteten ..., während die Schnorchler ... noch ein wenig in der Lagune plantschten», versucht Jace nach Atem ringend zu erklären und hält Emma fest an der Hand.

«Wir konnten nur noch zusehen ... wie sie alle ... hinaus in den See gesogen wurden », japst Emma.

Die beiden Schnorchler sind zu Boden gesunken. Sie sind völlig fertig. Das Mädchen weint schluchzend und klammert sich an ihren Freund, der apathisch den Kopf schüttelt. So hatten sie sich „das Abenteuer ihres Lebens", wie es die Website von Silfra Scuba anpreist, nicht vorgestellt. Auch Barbu hält seinen Bruder Simi fest umarmt. Erst jetzt, nachdem sie berichtet hatten, was geschehen war, scheinen sie zu realisieren, was passiert ist. Hinter ihnen brodelt das Wasser und doch kommt es ihnen totenstill vor. Als erster bewegt sich Chuck und kommt mit einem Stöhnen auf die Beine. Er scheint das Grauen, das ihre Gehirne zu verarbeiten versuchen, als Erster abgeschüttelt zu haben. «Wir müssen ... », stößt er keuchend hervor, doch zugleich beginnt der Boden wieder, unter ihnen zu zittern und es verschlägt ihm die Sprache.

Zuerst nur sanft beginnt der Boden unter ihren Füßen zu vibrieren, mit immer kleineren Pausen dazwischen. Es folgen starke, brachiale Stöße und sie werden zu Boden geworfen. Es donnert und kracht ohrenbetäubend. Risse und Spalte öffnen sich knirschend in dem Asphalt. Wasser schießt unter Druck in Fontänen in den fahlen Himmel. Unfähig, sich zu bewegen, kauern sie da und versuchen verzweifelt, mit den Händen auf dem glatten, eiskalten Boden irgendwie Halt zu finden.

Nach einer halben Minute ist es wieder vorbei. Es scheint, als sei ein längst begrabener Riese tief unter ihnen zum Leben erwacht und versuche, sich aus seinem Felsengrab zu befreien und nun wieder Atem hole und Kraft sammle, um die felsige Erde über sich wegzudrücken. Sie lauschen mit angehaltenem Atem und erwarten, dass er als nächstes durch den splitternden Asphalt stößt, sich brüllend aufrichtet, um sie alle wie Ungeziefer zu zertreten. Doch wieder folgt nur gespenstische Ruhe.

Piet kommt als Erster auf die Füße und deutet mit auf- und zuklappendem Mund auf den Rand der Silfra. Er bringt keinen Ton über die Lippen. Dort auf einem Felsen steht Mickey und winkt mit den Armen.

Ian kommt angerannt, mit dem Handy in der Hand.

«Sammelt euch alle auf dem Parkplatz, schmeißt alles aus den Wagen! Hilfe ist unterwegs!», schreit er im Laufen. Mühsam kommen alle auf die Beine und schauen ihn an, als spreche er Chinesisch.

Von den vier Teams des anderen Tour-Operators keine Spur. Nur deren Vans seien noch auf dem Parkplatz, berichtet Ian keuchend. Er schaut in die Runde und in Gesichter, die ihn entgeistert anstarren, als sei er ein Außerirdischer. Er blickt in die ausdruckslosen Minen und zu Piet, der abgewandt, mit ausgestrecktem Arm immer noch auf Mickey deutet. Chuck springt auf die Füße und rennt in Richtung der Fahrzeuge. Wie auf ein Startsignal laufen die anderen hinter ihm her. Sam bleibt mit Ian zurück und sieht, wie Piet in die entgegengesetzte Richtung wieder zur Silfra spurtet.

Sie folgen Piet und kraxeln, beim Einstieg angekommen, über die schroffen Lavabrocken. Sam stockt der Atem. Mickey steht, gute zwanzig Meter entfernt, auf einem Felsen, um den sich tiefe Abgründe geöffnet haben. Rings um den Felsen brodelt es, Fontänen und Dampf schießen hoch. Er scheint verzweifelt nach Julia zu suchen und rudert mit seinen Armen in der Luft. Als er die drei erblickt, ruft er etwas und deutet verzweifelt vor ihm in den Abgrund, doch das immer noch tosende Brausen des Wassers verschluckt seine Worte.

Sam versucht, ihm zu deuten, er solle versuchen, zu ihm herüberzuklettern, doch das scheint aussichtslos – zu breit ist der Spalt zwischen ihnen. Mickey schüttelt den Kopf und gestikuliert wild mit den Händen. Sie beobachten fassungslos, wie er von der abgewandten Kante in die Tiefe zu klettern beginnt. Hektisch dreht sich Sam um in Richtung Parkplatz und wieder zurück zu Mickey. Sie können ihn doch nicht einfach hängenlassen! Aber der Abgrund zwischen ihm und dem Felsen, wo Mickey gerade noch stand, ist unüberwindbar. Wenn er ein Seil hätte, könnte er versuchen, es über die rund zehn Meter zu ihm hinüber zu werfen. Gibt es ein Seil in der Ausrüstung im Van?

Die Frage erübrigt sich. Mit einem krachenden Donnern kippt der Felsen über Mickey, der unter Lebensgefahr seine Liebe zu retten versuchte, zusammen.

Aus. Vorbei.

Sam steht wie angewurzelt und blickt in den brodelnden Abgrund. Er versucht zu begreifen, was sich gerade vor seinen Augen abgespielt hat. Das kann doch alles gar nicht wahr sein! Sein Verstand weigert sich, die Realität anzunehmen. Er sieht zu, wie Piet zurück zum Parkplatz rennt und Ian in Richtung Lagune sprintet. Er bleibt allein auf dem Felsen zurück – wie gelähmt.

Mickey! Er sieht ihn lachend am Frühstückstisch sitzen. Julia, die, einen Arm um ihn geschlungen, an ihm lehnt und sich kopfschüttelnd amüsiert über einen Spruch, den er wieder einmal zum Besten gegeben hat. Das ist alles nur ein paar Stunden her. Sicher wird Mickey gleich mit Julia an der Hand über die Kante kraxeln, auf ihn zeigen und sich krümmen vor Lachen über den Schreck, den er ihm einjagen konnte. Sams Gedanken drehen sich im Kreis und finden keinen Ausgang.

Hupen vom Parkplatz. Das Geräusch durchfährt seinen Körper wie ein Blitz. Als sei dadurch die Verbindung zwischen seinem Gehirns und der Realität wieder hergestellt, dreht er sich um und sieht die anderen dort versammelt. Das Adrenalin schießt durch seine Adern, lässt zuerst seine Knie weich werden und ihn dann reflexartig von dem Felsen springen. Weg hier! – schreien seine wieder erwachten Instinkte und er rennt los.

Chuck, Piet, Jace, Emma, Barbu und Simi stehen um den Landcruiser der Rangerin versammelt.

«Ian sucht wohl die Rangerin. Verdammt – der Idiot ist zurück zur Lagune gerannt und die beiden Schnorchler sind in Ausrüstung zu ihrem Wagen auf dem Besucherparkplatz abgehauen. Wir müssen hier weg! Jetzt!», schreit ihm Chuck zu.

Sam schaut in den Wagen. Gefletschte Zähne und wildes Bellen von Marek, dem Husky der Rangerin, hinter der Scheibe des Beifahrersitzes. Sam legt die Hand an die Tür. Er kann es gut mit Hunden und er ist der Einzige, der Marek bisher streicheln konnte.

«Guter Hund. Ja ..., guter Hund», versucht Sam ihn zu beruhigen. Marek brüllt wie ein Wolf. Wieder erzittert der Parkplatz und wirft die Gruppe auf den Boden. Sam hält sich an der Türklinke der Beifahrertür fest und reißt sie im Fallen auf. Marek springt aus dem Wagen und wirft sich auf Sam. Er steht über ihm, die Zähne gefletscht, und bellt ihm ins Gesicht. Schaum tropft aus seiner Schnauze. Sam liegt ganz still, er zeigt Marek seine Kehle und schaut ihm nicht in die Augen. Sein Blick trifft Jace, der sich von hinten nähert.

«Geht weg. Geht ihm aus dem Weg», raunt Sam. Marek springt von seiner Brust und rennt bellend in Richtung Silfra. Er will nur zu seinem Frauchen, will sie retten ...

«Der Schlüssel steckt», ruft Chuck triumphierend.

Sam rappelt sich auf und schreit ihn an: «Wir können nicht einfach abhauen! Wir müssen Ian und die Rangerin finden!»

«Siehst du das da hinten?!», schreit Chuck zurück und deutet mit ausgestrecktem Arm hinter sich.

Alle drehen sich zum Langjökull. Eine brauner Strom wälzt sich vom Gletscher auf sie zu. Scheinbar langsam und zähflüssig, doch die riesigen Felsbrocken, die er wie Kieselsteine wegstößt oder verschluckt, lassen seine gewaltige Wucht erahnen. Die knorrigen Kiefern knicken wie Zahnstocher an der Schnauze des sich windenden braunen Wurms auf seinem Weg ins Tal. Am hinteren Ende und an den Seiten krachen riesige Eisbrocken herunter und verschwinden in Sekunden in der immer schneller werdenden Walze. Der ganze verdammte Gletscher scheint sich in eine Lawine zu verwandeln, die auf sie zurast. Ein Lahar – schießt es Sam durch den Kopf. Davon hatte ihm Jon erzählt.

«Wir müssen hier weg – und zwar jetzt!», schreit Chuck und schwingt sich auf den Fahrersitz. Mit einem tosenden Krachen fällt der vordere Teil des betonierten Parkplatzes in die Tiefe. Ein riesiges

Loch klafft zwischen ihnen und der Straße. Sie sind gefangen. Die Ausfahrt vom Parkplatz existiert nicht mehr.

Sekundenlang herrscht Stille. Sie stehen wie eingefroren da. Als Chuck den Motor aufheulen lässt, reißen Piet und Jace die hinteren Türen auf und springen, mit Emma in der Mitte, auf die Rückbank. Sam wirft sich auf den Beifahrersitz und knallt die Tür zu. Hinter der Rückbank sieht er Simi und Barbu durch die Hecktür in den Wagen klettern. Simi schreit panisch: «Go, go, go!!!»

Chuck lässt die Reifen des Offroaders auf dem Asphalt durchdrehen und schafft es, den schweren Jeep auf der Stelle zu wenden. Sam schaut in Richtung Silfra – keine Spur von Ian und der Rangerin.

Vorsichtig und in nervenzehrend langsamem Tempo manövriert Chuck den schweren Wagen zwischen den Lavablöcken über den moosbewachsenen Tundraboden in Richtung Straße. Noch zwanzig Meter und sie können mit Vollgas aus dieser Hölle brausen.

«Nun mach schon. Mach schneller – bitte ...», wimmert Barbu flehend von hinten und presst sein Gesicht an die Seitenscheibe. Emma sitzt, auf ihre Knie gebeugt, zwischen Jace und Piet und krallt ihre Hände in die Arme der beiden.

Es knirscht, als der Wagen über den letzten Lavablock schrammt, aber er bleibt nicht hängen. Die fetten Reifen rollen über die Kiesstraße und Chuck tritt voll aufs Gas. Der bärenstarke Dieselmotor brüllt auf, schwingt auf den durchdrehenden Reifen wild hin und her. Chuck ist ein geübter Offroader-Fahrer; er kann den Wagen auf der Straße halten. Als sie beim Visitor-Center auf die Kreuzung zur Ringstraße zurasen, kommt ihnen eine meterhohe braune Wand entgegen: ein Tsunami aus Geröll, Wassermassen und riesigen Eisbrocken. Das aufsteigende glühende Magma hat den gewaltigen Gletscher in Sekunden explosionsartig schmelzen lassen.

Im Jeep herrscht Panik. Ein ohrenbetäubendes Geschrei hallt durch den Innenraum. Chuck rast unbeirrt auf die Kreuzung zu. Die Kurve schaffen wir nie in dem Tempo, schießt es Sam durch den Kopf. Mit ein paar Sekunden Vorsprung vor der braunen Wand erreicht Chuck die Kreuzung und lässt den schweren Wagen quer über die Straße driften. Als die Räder auf dem Asphalt der Ringstraße greifen, kippt der Wagen zur Seite und fährt für Sekunden auf zwei Rädern. Sams Kopf schlägt heftig gegen die Seitenscheibe, als der Landcruiser wieder auf alle vier Räder zurückkippt. Als er sich umdreht, sieht er auch Piet seinen Schädel reiben und Barbu

mit einer blutenden Stirn hinter der Rückbank auftauchen.

Sam schaut Chuck von der Seite an. Sein Gesicht
wirkt wie versteinert und seine Augen scheinen auf
einen Punkt in der Ferne zu starren. Alles andere
scheint er ausgeblendet zu haben. Chuck schaltet
herunter und rast weiter mit atemraubendem
Tempo in Richtung Reykjavik. Hinter ihnen donnert
die Schlammlawine in Richtung Silfra. Wenn da
noch jemand am Leben gewesen ist, ist es damit
endgültig besiegelt. Aber nur ein kleiner Teil der
Lawine ergießt sich in Richtung des Sees. Der
größte Teil ist noch immer hinter ihnen und bewegt
sich auf sie zu. Das Hochtal in Richtung Küste wird
schmaler werden, bevor es nach dem flachen Teil
steil hinunter zum Dorf Mosfellsbaer geht, von wo
die Straße der Bucht entlang nach Reykjavik führt.
Die Welle wird wie in einer Spritzdüse beschleunigt
werden und mit tödlicher Gewalt in die Bucht donnern.

«Schneller! Mach schneller!», schreien Jace und
Piet von hinten. «Das Ding holt uns ein – verdammt!» Ohrenbetäubend übertönt die Welle den
heulenden Motor. Es scheint, als türme sich die
braune Wand hinter ihnen in Zeitlupe auf wie die
Mauer eines Stausees. Haushohe Eisblöcke don-

nern von oben vor die Welle, um gleich darauf wieder verschluckt zu werden. Durchgeschüttelt betrachtet Sam das Schauspiel im Rückspiegel. Objects may occur closer than real – Objekte können näher erscheinen als in Wirklichkeit, steht oben auf dem Spiegelglas. Hoffentlich! Sams Mund verzieht sich zu einem matten Grinsen.

Das ganze Ausmaß übersteigt seine Wahrnehmungsfähigkeit. Es ist wie damals, als er sich als junger Mann als Ambulanzfahrer ein Zubrot verdient hatte. Schon damals hatte sein Bewusstsein so reagiert. Obwohl eine Situation todernst war, grinste er, wenn er nicht mehr weiterwusste. Und auch jetzt wird er durch diesen seltsamen Verdrängungsmechanismus ganz ruhig. Es fühlt sich an, als sähe er sich gemütlich auf dem Sofa sitzend im Fernsehen zu, wie er als Held in einem Horrorfilm den Monstern zu entkommen versucht. Als habe sich eine transparente Hand zwischen ihn und die Wirklichkeit geschoben, die ihn zwar alles sehen lässt und doch vollkommen abschirmt und schützt vor allen Gefahren.

Der Jeep sprintet und springt wie ein wild gewordener Büffel über den von den Beben zerrissenen Straßenbelag. Die Federung schlägt durch, wenn er nach gewaltigen Sprüngen wieder auf der Straße aufschlägt, und lässt seine Passagiere an die

Decke knallen. Wenn jetzt ein Reifen platzt oder sich ein Stoßdämpfer verabschiedet, ist es vorbei.

Vor ihnen taucht ein halb umgekipptes Wohnmobil am Straßenrand auf und ein Mensch in knallgelber Weste steht wild winkend auf der Fahrbahn, neben ihm eine Frau und zwei Kinder.

Chuck steuert den Landcruiser nach links und rast unbeirrt an der Gruppe vorbei. Wenige Sekunden später sieht Sam im Rückspiegel, wie das Wohnmobil samt der Familie von der Walze verschluckt wird.

«Das schaffen wir nicht! Das Ding kommt immer näher!», brüllt Jace von hinten. Chuck reagiert nicht, sondern starrt auf die Buckelpiste vor ihm und rast weiter.

«Da vorne, gleich nach der Abzweigung geht eine kleine Straße die Bergflanke hoch. Da oben ist eine Mobilantenne. Ich war da letzten Winter – das ist unsere einzige Chance!», schreit Jace wieder hinter ihnen.

«Wo?!», schreit Chuck über seine Schulter.

«Jetzt gleich, in hundert Metern, aber mit dem Speed schaffen wir das nie!»

Chuck kneift die Augen zusammen. Da ist die Kiesstraße. Sie biegt sanft von der Hauptstraße ab den Berghang hinauf. Er kann nicht langsamer werden. Die Wand hinter ihnen ist keine hundert Meter entfernt. Wild entschlossen dreht er das Lenkrad und lässt den Jeep seitlich driften.

Ein Aufschrei im Wagen aus allen Kehlen, aber der verrückte Kerl schafft es, den wild schleudernden Jeep auf der Piste zu halten. Die Kiesstraße führt schnurgerade und steil den Hang hoch zu der dort oben thronenden roten Antenne.

Der Landcruiser schießt die steile Straße hoch. Ratternd und polternd frisst sich das Profil der durchdrehenden, wuchtigen Reifen in den Kies und ins Geröll. Die Antenne steht sicher fünfzig Meter über dem Talboden – das wird reichen.

Mit einer Vollbremsung bringt Chuck den schweren Offroader am Ende der Straße, kurz vor dem Betonsockel der Antenne, zum Stehen. Sekunden später werden sie von einer Staubwolke eingehüllt.

«Bingbing – bingbing – binbing», ist zu hören. Das Signal, dass keiner der Passagiere angegurtet ist. Sam hört sich selbst keuchend atmen. Stoßweises, hechelndes Atmen, dazu wie im Takt das Bimmeln der Ermahnung zum Angurten.

Neun

«Yesss!! Wir haben es geschafft, du Teufelskerl!», schreit Sam und schlägt auf Chucks Rücken ein. «Raus hier!», ruft der zurück und stößt seine Tür auf. Sofort dringt der Staub in den Wagen und ihre Atemwege. Die anderen Türen fliegen auf und auch Simi und Barbu klettern hinten aus dem blubbernden und zischenden Wagen.

Sie stehen nebeneinander am Rand der Straße und starren in die Tiefe. Ein wild reißender, tosender Fluss mit Eisblöcken in der Größe des Empire State Buildings donnert knappe zwanzig Meter unter ihnen vorbei. Beängstigend nahe und absolut tödlich.

Mit offenen Mündern und weit aufgerissenen Augen starren sie hinunter, wo die Lawine keinen Stein auf dem anderen gelassen hat und innerhalb eines Augenblicks eine Landschaft hinterlässt wie in der Apokalypse. Sam deutet zum Langjökull. Eine kilometerhohe, braunschwarze Rauchsäule erhebt sich über dem Gletscher. Feuerregen sprüht und mit dumpfen Explosionen werden riesige, glühende Gesteinsbrocken kilometerweit aus dem Feuerwerk geschleudert. Der Vulkan ist zum Leben erwacht und bringt Tod und Vernichtung.

Es knirscht und zittert unter ihren Tauchanzugstiefeln. Alle weichen zurück, nur Chuck und Sam stehen noch an der Kante und sehen, wie die Wassermassen die Bergflanke zu unterspülen beginnen. Teile rutschen ab und stürzen in den reißenden Fluss.

«Auf den Betonsockel – schnell!», brüllt Sam.

Chuck ist als Erster auf dem Sockel und reicht seine Hand. Sam hilft von unten und stößt nach, um jeden in Sicherheit zu wuchten. Schließlich fasst er als Letzter Piets und Chucks Hände und lässt sich hochziehen. Der Beton unter ihnen zittert, und ein erneutes Beben wirft sie erneut auf den Boden. Sie halten sich an den Händen, klammern sich fest. Es kracht und splittert. Der Lavafels unter ihnen reißt und tiefe Spalten öffnen sich. Knirschend rutscht der Landcruiser nach hinten, sackt ab und bleibt mit der Vorderseite hängen, als kralle er sich an der Kante fest. Stille. Der reißende Fluss unter ihnen scheint um die Hälfte geschrumpft. Die Flutwelle ist vorbei. Obwohl immer noch Tausende von Kubikmeter Wasser, Eis und Geröll unter ihnen vorbeischießen, scheint das Schlimmste überstanden.

«Da! Schaut mal da!», schreit Jace und deutet aufgeregt in einen Riss im Lavagestein. In einer Mulde liegen weißliche Kieselsteine. Jace klettert von dem Betonsockel zu der Spalte.

«Was machst du Idiot? Willst du dich umbringen?!», ruft ihm Sam nach. Jace scheint den Verstand verloren zu haben.

«Das sind Rohdiamanten – selber Idiot. Ich weiß, wie sowas aussieht. Mein Cousin ist Diamantenhändler. Ich bin mir sicher!», schreit Jace verzückt.

Sam sieht zu, wie Emma, Barbu, Simi, Piet und auch Chuck zu Jace klettern. Das gibt es doch gar nicht! Da haben sie ganz knapp dieses Grauen überlebt, unzählige Menschen, darunter Mickey, sind vor nicht einmal einer halben Stunde ums Leben gekommen und sie haben nichts anderes im Sinn als Diamanten?

Sam kann es nicht fassen. Kopfschüttelnd steigt er den anderen nach zu der Spalte. Haben die völlig den Verstand verloren?

«Nehmt nur die milchigen, weißen Steine», weist Jace an. Alle beginnen, die weißen Kieselsteine und ein paar kartoffelgroße Brocken in die Taschen an den Beinen ihrer Tauchanzüge zu stopfen.

Es scheint, als ob Jace mit seiner Entdeckung einen willkommenen Rettungsanker für ihre Gehirne darstellt. Eine Möglichkeit, alles auszublenden, das Erlebte nicht mehr wahrzunehmen, keinen Schmerz mehr fühlen zu müssen, kein Grauen mehr zu empfinden. Als schlage das Segel bei einem Wendemanöver um: Der Wind bläst immer noch mit derselben Kraft, aber die Richtung hat sich total geändert. So scheint der lähmend schwere Schrecken der Katastrophe, die sie gerade erlebt haben, in verzückte Euphorie derselben Intensität umzuschlagen. Als hämmere das Adrenalin in ihren Körpern statt auf den Fluchtknopf und die Überlebensinstinkte auf andere Knöpfe ein und damit ekstatische Glücksgefühle auslöst. Völlig widersinnig, aber so intensiv, dass jeder rationale Gedanke bereits im Ansatz aus dem Bewusstsein gefegt wird.

«Wir sind reich, reich, reich!», grölt Simi verzückt.

Sam steht daneben und schüttelt nur den Kopf. Doch auch er kniet sich hin und beginnt, in der Spalte zu wühlen und Steine in seine Taschen zu stopfen. Was zur Hölle tun wir hier, denkt er, und füllt dabei weiter seine Taschen. Ist das jetzt der Wahnsinn, der sie alle überkommt, und als nächstes werden sie mit irrem Lachen einen Ringeltanz aufführen?

«Da ist noch mehr! Riesige Brocken!», schreit Simi und deutet auf eine weitere Spalte unter ihnen. Bevor jemand etwas sagen kann, springt er auch schon hinunter und hält triumphierend einen handballgroßen, weißen Stein in die Höhe.

«Komm da sofort weg!», ruft Sam besorgt. Die Spalte ist keinen Meter von der Abbruchkante entfernt. Doch Simi grinst ihn an und rollt seinen Fund zum Vorderrad des Jeeps. Knirschend beginnt die Kante zu rutschen. Simi springt hoch und klammert sich am hinteren Rad fest. Seine Beine hängen über dem tosenden Fluss. Barbu und Chuck steigen zum Jeep und legen sich über die Motorhaube, um Simi hochzuziehen; Sam und Jace halten ihre Beine. Der Jeep hängt bedrohlich schräg an der Kante und es knirscht unter den vorderen Reifen.

«Nimm meine Hand, Bruder!», schreit Barbu und streckt seinen Arm nach unten. Simi hängt mit einer Hand an einer Radspeiche und versucht mit der anderen, den weißen Stein nach oben zu balancieren.

«Was tust du – verdammt?! Lass ihn fallen! Schnell!», schreit Barbu nach unten. «Das ist der größte Diamant, der jemals gefunden wurde! Nimm ihn, zum Teufel!», schreit Simi zurück. Barbu versucht, den schwankende Brocken vor ihm zu greifen, aber Chuck stößt ihn weg und fasst nach unten. Der Klumpen fällt über Simi hinunter und statt Chucks rettende Hand zu nehmen, schaut er ihm entsetzt nach.

Chuck bekommt Simis Handgelenk zu fassen. Gleichzeitig beginnt der Jeep, knirschend unter ihnen wegzukippen. Für den Bruchteil einer Sekunde schauen sie sich in die Augen; Chuck lässt los und krallt sich an Barbu. Der Wagen rutscht in die Tiefe und sie knallen auf die Abbruchkante, in Sams und Jace' festem Griff. Sie sehen zu, wie sich der schwere Wagen im Flug über Simi legt und mit einem Knall im Wasser aufschlägt. Augenblicklich versinkt der schwere Wagen im reißenden Strom. Von Simi ist nichts mehr zu sehen. Wahrscheinlich war er unter dem tonnenschweren Fahrzeug, als es auf den reißenden Strom aufschlug. Kein Schmerz, wahrscheinlich nicht einmal ein Erstaunen muss er erlebt haben. Nur ein Knall und dann Dunkelheit.

Ein unmenschlicher, markerschütternder Schrei wie von einem verwundeten Tier. «Siiimiii!!!!», gurgelt es aus Barbus Kehle.

Chuck umklammert ihn. Sie liegen auf der scharfen Kante, Chuck spürt einen stechenden Schmerz vom Aufprall an seinen Rippen. Jace und Sam können die beiden noch halten, aber beim Rutschen von der Motorhaube auf den scharfkantigen Abbruch dämpft Chuck unfreiwillig Barbus Aufprall. Der Schmerz bohrt sich in sein Gehirn und blockiert seinen Atem, aber Chuck verzieht sich in die kleine, verbleibende Kapsel seines Verstandes und seines unbändigen Überlebenswillens. Nicht loslassen, egal was passiert – schreit seine innere Stimme.

Jace und Sam liegen auf dem Bauch an der Kante, die Beine der beiden fest umklammert. Emma und Piet klettern zu ihnen, gemeinsam schaffen sie es, Chuck und Barbu auf den schmalen Absatz unterhalb des Betonsockels zu ziehen.

«Wir müssen da hoch!», keucht Chuck und deutet auf den Antennensockel. Mit vereinten Kräften schaffen sie es wieder hochzukrabbeln. In Chucks Brust knackt es bei jedem Atemzug. Da scheinen ein paar Rippen zu Bruch gegangen zu sein. Es tut höllisch weh.

«Schaut euch das an», murmelt Emma kaum hörbar mit der einen Hand vor dem Mund, sich mit der anderen an der Antenne abzustützend.

Langsam erheben sich die anderen und schauen in Richtung Bucht. Chuck raunt, auf Sam gestützt: «What the fuck – das sieht nicht gut aus!»

Die tobende Bugwelle der Gerölllawine hat sich, mit ihren Felsbrocken und riesigen Eisklötzen alle Höfe, Menschen und Pferde auf der Ebene ausradierend, über das Dorf Mosfellsbaer gewälzt und ist ins Meer gedonnert. Nun türmen sich riesige Wellen auf und rasen in Richtung Reykjavik. Durch die der Stadt vorgelagerten Inseln Videy und Engey gleicht die Bucht einem engen Kanal, der die Wellen kanalisiert und der Energie die Möglichkeit nimmt, sich zu verteilen.

Obwohl sie etwa zwanzig Kilometer von der Stadt entfernt sind, hören sie das Donnern der Wassermassen. Eine gespenstische Szenerie. Während sie durch die Aschewolken in Dunkelheit gehüllt sind, strahlt Reykjavik in gleißendem Sonnenlicht. Sie sehen, wie sich die Flutwelle durch die Uferpromenade frisst und mit Gischtfontänen an den Hügel prallt, auf dem die Kathedrale, die Hallgrímskirkja, steht.

Minutenlang schauen sie dem Schauspiel zu, sehen, wie das Meer auf seinem Rückzug ganze Häuser in die Bucht reißt.

Schluchzend umarmt Emma Jace, der seinen Blick nicht abwenden kann …

Barbu starrt regungslos auf der anderen Seite in den Abgrund, in dem immer noch ein Strom von Wasser und Schlamm fließt. Simi … Noch heute Morgen hatten sie zusammen gefrühstückt und er hatte rumänische Witze erzählt. Sie hatten sich gefragt, ob ihre Ersparnisse reichen würden, um das Haus der Eltern in den Karpaten zu reparieren und ob sie beide mit ihren künftigen Familien dort Platz finden würden. Die Aussicht auf unermesslichen

Reichtum muss bei Simi alles ausgeblendet haben – sogar sein eigenes Leben.

Wenn man so aufgewachsen ist, dass es immer nur knapp für das Nötigste reichte, geschieht bei der Aussicht einer Erlösung aus dieser Enge eine Wandlung. Zuerst ist es ganz normal, schließlich kennt man nichts anderes. Dann, sobald man mehr von der Welt weiß, beginnt es zu gären. Wut keimt auf und schließlich endet man in Resignation oder der Hoffnung, dass vielleicht einmal ein Wunder geschieht.

So ein Wunder hatte Simi gerade erfahren. Barbu versucht, sich in eine Ecke seines Bewusstseins zu verkriechen – nichts fühlen müssen, den Strom seiner Gedanken unterbrechen. Er lässt sich auf den Boden sinken, zieht seine Knie an und vergräbt sein Gesicht in den Beinen. Er versucht, die Welt um sich herum auszublenden, doch es gelingt ihm nicht. Still tropfen seine Tränen auf den wasserdichten Anzug und bilden dort Tropfen unendlicher Trauer und Fassungslosigkeit. Nur das Beben seines Körpers verrät sein Weinen und seinen Schmerz. Sam kniet sich neben ihn und streicht mechanisch über Barbus Rücken. Er möchte ihn trösten, ihm beistehen, aber er findet keine Worte.

Piet öffnet den Reißverschluss an Chucks Anzug, der stöhnend und röchelnd am Boden kauert.

«Bloody hell! Aber wir sind am Leben! Zumindest noch ...», keucht er. Piet tastet Chucks Brustkorb ab. Als er seine rechte unterste Rippe berührt, schreit Chuck auf. Piet nickt ihm zu: «Eine Rippe scheint gequetscht oder gebrochen. Schmerzhaft, aber nicht gefährlich.» Chuck verdreht die Augen und zieht mit einem Ruck den Reißverschluss wieder hoch.

Sam kniet noch immer neben Barbu und schaut hinüber zum Langjökull. Was ist mit Marie? Wird er sie je wiedersehen? Alles – wirklich alles – ist nicht mehr, wie es noch vor ein paar Stunden war. Eine ungeheure Ungewissheit macht sich in ihm breit, brennend und quälend. Sie mussten zusehen, wie ihre Kollegen starben, wie Touristen, ihre Kunden in Erwartung eines Abenteuers von den Naturgewalten dieses Landes, dieser Kraft der Elemente aus Feuer und Eis, verschlungen wurden.

Und jetzt? Sind das tatsächlich Rohdiamanten oder sind sie, dem Wahnsinn nahe, einem irren Impuls, weg von dem schrecklichen Erleben, das hinter ihnen liegt, gefolgt? Wenn das wirklich Diamanten sind, sind sie reich. Unermesslich reich!

Ob das Glück im Unglück ist oder nur der Beginn der wahren Katastrophe?

Zehn

Mühsam stolpern sie wie im Gänsemarsch über die Lavafelder des Hochlands in Richtung Reykjavik, Chuck auf Sam gestützt an der Spitze, einen Pfad durch die zerklüfteten, messerscharfen Lavabrocken suchend. Längst haben die scharfen Steinscherben Kerben und Löcher in die Fußsohlen der Tauchanzüge geschnitten. Die Sohlen sind zwar dick, aber gerade mal dafür gemacht, um ein paar Meter über Felsen zu klettern, bevor man sich die Flossen anzieht – nicht für eine Zwanzig-Kilometer-Wanderung.

Auf der letzten Anhöhe vor der Bucht sehen sie unter sich die Ringstraße. Jenseits des Stücks, das die Flutwelle herausgerissen hat, scheint sie intakt, führt die paar Kilometer zu V18 und dann weiter in die Stadt. Von dort blinken orange und blaue Lichter, Sirenen sind schwach zu hören. Auch die Stadt liegt jetzt im dichten Dunst der Asche, die fein wie Mehlstaub in der Luft schwebt und das Sonnenlicht wie dichter Nebel verhüllt und alles abdunkelt. Der Geschmack im Mund ist grauenhaft schweflig, es knirscht zwischen den Zähnen und kratzt in den Augen. Die Szenerie erinnert an die Katastrophenfilme, welche die Welt nach einem Atomschlag zeigen. Aber das hier ist kein Film. Es gibt auch kein

Aufwachen und Aufatmen, weil alles nur ein böser Traum war.

Obwohl sie das Ausmaß der Zerstörung in dem fahlen Licht der hereinbrechenden Dämmerung nur erahnen können, scheint es die Stadt mit voller Wucht getroffen zu haben. Die Häuserreihen an der Bucht sind schlicht nicht mehr zu sehen. Emma setzt sich auf einen Lavablock, verbirgt ihr Gesicht in den Händen und wimmert. Jace kniet vor ihr und versucht sie zu trösten. Nicht einmal Chuck, der sich jetzt auf Piet stützt und mit ihm gemeinsam die Verwüstung betrachtet, hat einen Spruch auf Lager. Sie müssen weiter. Ihr Durst, der inzwischen ihre Münder wie ausgetrocknet anfühlen lässt, wird kaum besser beim Rasten und wer weiß, ob diese verfluchte Asche nicht obendrein noch giftig ist. Sie müssen unbedingt Schutz finden. Sam zieht Emma wortlos hoch und schließt sie in die Arme, schaut ihr in die Augen und nickt mehrmals stumm. Es würde alles irgendwie wieder gut werden. Langsam beginnt er mit ihr im Arm zu gehen und sie folgt ihm.

Endlich auf dem Beton der Straße angekommen, wird das Gehen leichter. Seit Stunden sind sie nun schon unterwegs. Sie haben elend lange gebraucht für die paar Kilometer in den Lavafeldern. Die Steine klackern in den Beintaschen und scheuern, durch das Gummi gedämpft, an der Haut – als wollten sie auf sich aufmerksam machen und rufen: Hey, wir sind das Ticket in eine sorgenfreie Zukunft, in der alles möglich sein wird, wenn ihr erst aus diesem Chaos hier heraus seid.

Am frühen Morgen erreichen sie humpelnd den Kreisel, von dem die Straße zu V18 abbiegt – oder besser, wo die Straße einmal war. Nach dem Kreisel ist nur noch eine schlammige Ebene zu sehen, auf der einzelne Container aus dem Hafen liegen. Der ganze Hang bis hoch zur Schnellstraße ist mit Containern übersät, als hätte ein Kind eine Kiste mit Legosteinen ausgeleert, nur dass diese hier zwanzig Meter lang und einige wie tonnenschwere Geschosse durch die Häuser der Straße geflogen sind oder zerquetscht auf zertrümmerten Dächern liegen.

Oben auf der Schnellstraße kämpfen sich Feuerwehrwagen und Ambulanzen durch den Schlamm und die Trümmer. Es gibt kaum ein Vorankommen für die Wagen, die mit ihren riesigen Reifen zwar für hartes Gelände ausgerüstet sind, aber nicht für ein solch gigantisches Trümmerfeld. Weiter hinten in der Stadt steigt an mehreren Stellen dichter, schwarzer Rauch auf. Dass nach so viel Wasser überhaupt noch etwas brennen kann! Die Schlammwelle scheint mit all den Trümmern, Gesteins- und

Eisbrocken, die sie mitführte, Gasleitungen, Elektrokabel und alles, was eine Stadt an Versorgung benötigt, zerfetzt zu haben.

V18 liegt verlassen da. Das Gebäude hat seine ganze linke Seite verloren, aber der Rest steht noch. Durch die offene Tür ist die Treppe zu sehen. Sam und Jace rennen hoch, während sich Barbu, Piet und Emma um Chuck kümmern, der sich keuchend auf die unterste Stufe der Treppe fallen lässt.

Barbu setzt sich neben Chuck und verbirgt sein Gesicht in den Händen. Seine Schultern zucken, aber er gibt keinen Laut von sich. Chuck betrachtet ihn von der Seite, streckt mühsam seinen linken Arm und legt ihn um Barbus Schultern. Das hatte er auch als Elitesoldat bei seinen Kameraden gemacht, wenn sie einen verloren hatten. Er war damit dem Ratschlag seines Ausbildners zum Söldner gefolgt, So wie er gelernt hatte, welche Art Verband am besten bei einer gebrochenen Nase anzubringen ist, hatte er sich diese Geste als „Behandlung" von Seelenschmerz gemerkt. Nie hatte damals jemand den Impuls, ihn in den Arm zu nehmen.

Kein Mensch in der Küche. Man sieht vom großen Tisch aus nun direkt ins Freie. Aus dem klaffenden Loch hängen knisternde Kabel und dampfendes Wasser spritzt aus Rohrenden wie aus gerissenen Adern.

«Wo sind die alle hin?», fragt Jace. «Es müssen doch mindestens dreißig Leute hier gewesen sein, als es passiert ist.»

Sam schüttelt den Kopf. Sie reißen alle Türen zu den Zimmern im noch intakten, rechten Flügel auf. Niemand da. So wie die Räume aussehen, haben alle V18 fluchtartig verlassen.

«Die sind entweder geflohen oder evakuiert worden», meint Sam und reibt seine Glatze.

«Aber wohin?»

«Das werden wir bald herausfinden – wir müssen nur den blinkenden Rettungswagen folgen. Ich bin mir sicher, es gibt einen Sammelort. Lasst uns gehen!»

«Moment – vielleicht sollten wir was mitnehmen, etwas, das wir brauchen können», meint Jace.

Sam setzt sich hin und klaubt sein Handy hervor. Eigentlich hätte das gestern ein schöner Abend werden sollen. – Marie, wo steckst du?

Er stolpert mit ausgestrecktem Arm in der Küche herum beim Versuch, eine Netzverbindung zu bekommen. Da! Tatsächlich – das Gerät zeigt Vodafone und einen Balken an. Mit zittrigen Fingern tippt er auf die Favoritenlisten und den Eintrag „Marie".

Keuchend steckt er einen Finger ins linke Ohr und presst das dreckverschmierte Gerät ans rechte. Es tutet. Nach drei Wahlzeichen hört er: «Sam? – C'est toi? Are you alive?» Dann knistert und quietscht es nur noch. Sam springt auf einen Stuhl und hält das Handy hoch. Immer noch ist ein Balken in der Anzeige, die Verbindung steht noch.

«Marie – mein Gott! Wo bist du?!», schreit er in Richtung des Geräts und presst es sogleich wieder an sein Ohr.

Er wedelt mit der Hand zum Mücheneingang, wo Jace und Emma mit Piet stehen. Dahinter taucht Chuck auf, auf Barbu gestützt. Sam legt die Finger an seine Lippen, um eventuelle Fragen zu stoppen. Er hat eine Verbindung zu Marie und vollführt auf dem Stuhl halsbrecherische Verrenkungen, um ja die Verbindung halten zu können.

«Wir s.... krrsss... ffttrrtp... trrr... detrale... Und du? Wer ist bei.... rrrtsss.... brrr... krrrttt...»

«Ich bin mit Emma, Jace, Barbu, Piet und Chuck bei V18! Bist du bei der Kathedrale? Wer ist bei dir?», schreit Sam zurück.

«s... krsttkrts... frrt... sind wohl... rrkkrt – tut-tut-tut...»

«Marie - ich hole dich! Schatz, ich bin so froh, dich zu hören! Ich liebe dich!!!», schreit Sam in das

Gerät, obwohl er weiß, dass die Verbindung abgebrochen ist.

«Na, das sind ja Neuigkeiten», meint Chuck grinsend. Sein glucksender Lacher endet in einem schmerzverzerrten Husten.

Sam steht immer noch wie eingefroren mit ausgestrecktem Arm auf dem Stuhl und schaut auf die Truppe am Kücheneingang, die ihn belustigt ansieht. Er blickt wieder auf sein Handy. Die Netzverbindung ist weg, aber es scheint, dass einige der Masten mit ihren Notstromversorgern noch funktionieren. Das sind gute Neuigkeiten!

Er springt vom Stuhl und deutet auf sein Handy: «Das war Marie! Ich glaube, verstanden zu haben, dass sie bei der Hallgrímskirkja ist. Das ergibt Sinn. Die Kathedrale auf dem Hügel ist wohl verschont geblieben. Wir müssen dahin.»

«Seit wann seid ihr zwei denn zusammen?», fragt Chuck.

«Das spielt doch jetzt keine Rolle. Wir wissen, wo die anderen sind – ist das nicht großartig?», antwortet ihm Emma, während Jace und Piet immer noch staunend Sam anblicken.

Barbu kommt mit seinem Rucksack, Klamotten und Stiefeln. «Wir wissen, wo wir hinwollen – macht euch bereit», meint er lakonisch. Wie so oft ist er der Einzige, der einen kühlen Kopf behält und einfach ruhig den nächsten Schritt macht.

Die anderen tun es ihm nach und verschwinden in den Gängen von V18, um zu sehen, was von ihren Zimmern und der Ausrüstung noch übriggeblieben ist.

Als sie alle mit Klamotten und Stiefeln ausgerüstet sind und samt Taschenmessern, Lampen und was sie sonst noch denken, brauchen zu können, wieder in der Küche stehen, stellt Chuck einen leeren Rucksack auf den Tisch. «Ich schlage vor, wir packen die Steine alle hier hinein.»

«Okay, aber ist das nicht ein Risiko? Wenn wir den Rucksack verlieren, sind alle weg», meint Piet.

«Alle für einen, einer für alle», grinst Chuck. Sie schauen sich ein paar Sekunden schweigend an und beginnen langsam einer nach dem anderen, die Steine aus ihren Taschen in den kleinen Rucksack zu packen. Chuck geht es inzwischen besser. Emma hat ihm aus der Verbandskiste einen Stützverband um seinen Brustkasten angelegt; das scheint zu wirken. Seine Schmerzen sind nun erträglicher und er kann fast frei atmen.

Sam hebt den gefüllten Rucksack hoch und sieht fragend in die Runde. Alle nicken und er schwingt ihn auf seine Schultern.

Gemeinsam verlassen sie das halb zertrümmerte Gebäude. Auf der Schnellstraße deutet Jace zum Stadtzentrum. Die Kathedrale ist etwa zwei Kilometer entfernt. Von der Straße führt direkt eine Abzweigung hoch zur Hallgrímskirkja, aber ob sie durch das Trümmerfeld überhaupt dahin gelangen können?

Nach fast einer Stunde Fußmarsch durch zertrümmerte Autos und Unmengen von Schutt erreichen sie die Abzweigung. Keiner Menschenseele sind sie unterwegs begegnet. Vor ihnen stehen die Häuser der Innenstadt oder was davon übrig ist. Das einst so schmucke Städtchen sieht aus wie nach einem Bombenangriff. Die alten Holzhäuser sind weggefegt und zu Schutthaufen aufgeschichtet. Nur die größeren Betonhäuser stehen mit geborstenen Scheiben da, als starrten sie sie wie aus toten Augen an. Die Harpa, die Oper, einst ein Kunstwerk aus Glas, das wie eine funkelnde Königin aus Eis am Hafen stand, ist von Schiffsrümpfen durchschlagen worden und das Dach ist seitlich auf den Vorplatz geknickt. Aus den Eingeweiden der einst stolzen Eiskönigin schlagen lodernd Flammen und schwarzer Rauch mischt sich mit der trüben, ascheerfüllten Luft.

Barbu hatte in V18 tatsächlich seine Kamera gefunden und macht nun Bilder der Zerstörung, als könne er damit die Verarbeitung des Anblicks auf später verschieben. An freien Tagen ist Sam oft mit ihm in den umliegenden Lavafeldern gewandert und Barbu hat fotografiert. Er ist ein talentierter Fotograf und Sam hat oft gestaunt, wie er eine Stimmung auf seinen Bildern festhalten konnte. Was für Gefühle diese Bilder bei den Betrachtern aus aller Welt wecken würden? Sicher wird er damit berühmt, sinniert Sam. Barbu scheint seine Gedanken zu erraten. «Es ist nur für mich. Damit ich mich später erinnern kann, welcher Hölle wir entkommen sind.»

«Noch sind wir mittendrin», antwortet Piet und deutet auf die Straße zum Hügel.

Oben angekommen, treffen sie auf Menschen. Endlich! Auf dem großen Platz vor der Kathedrale haben die Rettungskräfte ein Notzentrum eingerichtet. Behelfsmäßige Zelte sind aufgeschlagen und in der Mitte ragt eine Antenne in die Höhe. Von der anderen Seite des Hügels kommen Jeeps, Feuerwehrautos und Ambulanzen angefahren. Ihre Blinklichter streifen über die Menschen. Keine Sirenen, es ist fast ganz still, was eine unwirkliche Stimmung über die Szenerie legt. Nur wuselnde Menschen, ab und zu ein paar Rufe auf Isländisch.

Die Statue von Leifur Eriksson, der um das Jahr 1000, lange vor Christoph Kolumbus, den amerikanischen Kontinent entdeckt haben soll, hat dem Erdbeben nicht standgehalten. Die Bronzeskulptur ist von ihrem Sockel auf den Boden geknallt und dabei in zwei Stücke zerbrochen. Genau dort haben die Rettungskräfte ihre Zentrale eingerichtet und die Funkantenne auf den Betonsockel gestellt.

Alles wirkt gespenstisch ruhig und konzentriert, als würde hier eine gigantische Rettungsübung im Halbdunkel der Aschewolken abgehalten. Aber wo sind bloß all die Menschen geblieben? Dieses Grüppchen kann doch nicht alles sein, was von den zweihunderttausend Einwohnern übriggeblieben ist.

Chuck geht zu dem Zelt mit der Antenne und spricht mit einem Isländer. Der Feuerwehrmann fuchtelt mit den Armen, aber Chuck ist nicht so leicht abzuschütteln.

«Die Verletzten sind alle in der Kathedrale. Wer gehen kann, wird nach Keflavik evakuiert. Da unten neben dem Domestic Airport stehen Busse. Es scheint, die Straße ist intakt – wir kommen alle hier weg», berichtet er.

«Was wollen wir in Keflavik? Der Flughafen ist mit Sicherheit geschlossen. In der Asche wird kein

Flugzeug abheben können», meint Piet kopfschüttelnd.

«Genau! Da sind wir nur gefangen und können höchstens auf Schiffe hoffen, die uns alle abholen», fügt Emma hinzu.

«Ich werde dahin gehen und nach Seydür suchen. Ihr könnt ja hierbleiben.»

Sam versteht ihn nur zu gut. Chuck hat sich, nachdem er bei Marie nicht landen konnte, vor ein paar Wochen unsterblich in eine hübsche Isländerin verliebt und seitdem eine erstaunliche Wandlung vollzogen. Der Draufgänger, der sonst wie die anderen jeder Touristin nachstellte, ist auf einmal „brav" geworden und vertreibt sich seither abends, wenn er nicht in der Stadt bei Seydür ist, die Zeit mit Kartenspielen in V18. Sam würde, wäre Marie in Keflavik, auch nur dort hinwollen, wo er hoffen dürfe, sie anzutreffen.

«Okay – viel Glück, mein Freund. Pass auf dich auf!», meint Sam und umarmt ihn.

«Ich komme zurück. Nicht, dass ihr mir mit meinem Anteil auf Nimmerwiedersehen verschwindet», sagt Chuck zu den anderen, lacht blökend und umarmt jeden vorsichtig mit seiner lädierten Brust. Dann humpelt er in Richtung der Busse davon.

Während sie sich auf dem Platz nach etwas Essbarem und frischem Wasser umsehen, geht Sam in Richtung Kathedrale. Oben in der pyramidenförmigen Spitze sieht er Menschen aus den Fenstern schauen. Als er das Kirchenschiff betritt, stockt ihm der Atem. Die Bänke sind alle auf der Seite aufgestapelt worden. Vom Eingang mit der riesigen Orgel darüber bis zuvorderst zum Altar liegen Menschen auf dem Boden. Auch hier herrscht eine gespenstische Stille. Er hört nur hin und wieder Menschen leise stöhnen. Andere scheinen sich um die Verletzten zu kümmern. Durch die großen, unbemalten Seitenfenster dringt fahles Licht. Die Kathedrale ist ihrem trutzigen Stil gerecht geworden und scheint nicht den geringsten Schaden durch die Erdstöße abbekommen zu haben.

Die Erdkruste scheint sich eine Pause zu gönnen. Seit Stunden ist kein Beben mehr zu spüren, aber Sam ist sich sicher, dass dies nicht so bleiben wird.

Als er sich zum Aufgang in den Turm umdreht, sieht er sie. Marie steht mit dem Rücken zu ihm und scheint sich um jemanden zu kümmern. Sam tastet sich durch die Leiber am Boden zu ihr hin und sieht, dass sie vor Ilias steht; Sam sieht sofort, dass er nicht mehr lebt. Sein Gesicht ist dreckverschmiert, der Mund steht offen und aus den halbgeöffneten Lidern starren tote Augen nach oben.

Als Sam Marie sanft an der Schulter berührt, zuckt sie heftig zusammen und schaut ihn sekundenlang entgeistert an. Sie scheint ihren Sinnen nicht zu trauen. Sam leises Hallo bricht ihre Starre. Sie fällt ihm in die Arme und gräbt ihr Gesicht in seine Schulter.

«Mon dieu – Sam!», stammelt sie immer wieder. Sam versucht sie zu beruhigen, hält ihren Kopf und schaut ihr fest in die Augen.

«Marie, ich bin so froh, dich gefunden zu haben. Du lebst! Sag, fehlt dir was? Und wo sind bloß alle aus V18 hin?»

«Oh – ich bin auch so happy, dass du lebst. Incroyable! Wir haben nur gehört, dass niemand lebend vom Þingvellir zurückgekommen ist. Wie hast du es geschafft? Wie bist du alleine da herausgekommen?»

«Später, chérie. Piet, Jace, Emma, Chuck und Barbu haben es auch geschafft.»

«Sonst niemand?»

Sam schüttelt kaum merklich den Kopf. Marie schaut ihn entgeistert an, hält sich die Hand vor den offenen Mund und versucht das Grauenhafte zu begreifen. Aus V18 hat sie nur den toten Ilias gefunden und von der Silfra sind offenbar sechs Menschen lebend herausgekommen. Sie selber hat schlicht Glück gehabt. Sie hat in der Stadt Jon getroffen, der ihr erzählte, dass er unbedingt mit der Welt sprechen müsse. Die Behörden hätten sein Handy und seine Website gesperrt, aber das würde er sich nicht bieten lassen. Katla stünde kurz vor einem Ausbruch und er würde die Welt warnen.

Auf sein Drängen hatte sie ihn begleitet und als sie vor der Kathedrale angekommen waren, erbebte die Erde. Zuerst wollte sie zurück zu V18, aber Jon bestand darauf, dass sie mit ihm in der massiven Kathedrale Schutz suchte. Das hat ihr das Leben gerettet. Sie hatten vom Balkon der Kathedrale aus die Aschewolke über dem Þingvellir gesehen und dann, wie sich die gewaltige Schlamm- und Wasserwalze durch die Bucht gepflügt hatte, um mit einem ohrenbetäubenden Donnern auf Reykjavik zu prallen. Die Gischtwolken waren bis zum Turm der Kathedrale hochgestiegen. Von unten hatte man fürchterliches Krachen und Splittern gehört, vermutlich von geborstenen Häusern, metallisches Knirschen von berstenden Trägern. Autos und Schiffe aus dem Hafen waren durch die Straßen gepoltert. Als alles still geworden war und nur noch gurgelndes Wasser und Zischen zu vernehmen, hatte man Hilferufe gehört, Menschen, die nach ihren Freunden, nach ihrer Familie riefen, um Hilfe schrien – so leise wie Vogelgezwitscher von verschiedenen Bäumen her in einem Park. Eine unsäglich beklemmende Geräuschkulisse. Bald darauf sind die ersten Verletzten auf dem Vorplatz angekommen. Humpelnd, dreckverschmiert, Menschen auf dem Rücken tragend, aufeinander gestützt. Kurz darauf sind die Sirenen losgegangen. Die Stadt hat aufgeheult wie ein verletzter Hirsch. Niemand hatte noch gewarnt werden können. Die Sirenen klangen wie Wehklagen. Die ersten Rettungsfahrzeuge von Feuerwehr und Polizei kamen auf den großen Platz gefahren. Riesige Trucks mit wuchtigen Reifen, vorbereitet für die unwegsamen Gebiete Islands, sammelten sich. Eine Notzentrale wurde eingerichtet, ein Kommunikationszentrum in einem Zelt, um zu versuchen sich einen Überblick zu verschaffen und die Hilfe zu koordinieren. Ein aussichtsloses Unterfangen. Zuviel der Infrastruktur wurde zerstört. Es galt, die Überlebenden zu versorgen und zu evakuieren. Es wurde keine Suche nach Verschütteten begonnen. Nur retten, wer zu retten war.

Marie hat mit anderen Unverletzten begonnen, das Kirchenschiff zu räumen und Platz für Verletzte zu schaffen. Es gab nicht so viele. Von den Tausenden von Einwohnern schienen nur ein paar Hundert überlebt oder sich anderswo in Sicherheit gebracht zu haben.

«Wir müssen hier weg, Marie. Ich befürchte, die Lage wird noch schlimmer werden», sagt Sam eindringlich und hält dabei ihren Kopf sanft in seinen Händen.

Sie nickt: «Sie bringen alle nach Keflavik, um sie evakuieren. Die Busse warten hinter dem Hügel. Offenbar sind die Straßen intakt.»

«Das wissen wir nicht. Vielleicht bleiben sie alle auf dem Weg zum Flughafen stecken und wenn nicht ... Ich kann mir nicht vorstellen, dass ein Flugzeug bei diesem Ascheregen starten oder landen kann.»

«Aber wo sollen wir hin, Sam? Werden wir hier sterben?» meint Marie mit nüchterner Miene. Sie scheint wieder in den Tauchguidemodus gefallen zu sein und ist völlig ruhig und gefasst. Doch ihre Lippen zittern und ihre Augen drücken Angst und eine unendlich große Traurigkeit aus.

Sam nimmt sie an die Hand und beginnt, mit ihr die Treppen in den Turm hochzusteigen. Oben angekommen, treffen sie auf Jon. Der hat in seinem Rucksack eine Autobatterie, seinen Laptop und eine kleine Satellitenschüssel hochgeschleppt und auf der Brüstung aufgebaut.

«Aus alten Tagen, als die Insel noch nicht flächendeckend mit Handymasten versorgt war», erklärt er auf Sams fragenden Blick.

«Ich war damit auf der Insel unterwegs, um Daten von Messstationen, die ich anzapfen konnte, zu bekommen und meinen eigenen Blog über Erdbeben und Vulkanaktivität zu schreiben. Gut, habe ich das Ding behalten! Das MET Netzwerk ist immer noch in Betrieb, und es zeigt nichts Gutes», erklärt er weiter.

«Da – schaut!», ruft er und winkt die beiden heran.

«Neben den Beben und dem Ausbruch beim Langjökull scheint nun auch Katla voll zum Leben erwacht. Sie zittert und bebt gewaltig», sagt er.

«Das haben wir gemerkt, als wir in Vík waren», meint Sam.

«Nein, nein, das ist was ganz anderes, Sam. Schau dir diesen Tremor an. Da steigt Magma auf und macht sich Platz, hebt das Gestein und bläht den Krater unter dem massiven Eispanzer auf. Da geschieht gleich was Gewaltiges!», keucht Jon.

Sam beugt sich über die Brüstung und späht zum Inlandflughafen, der gleich hinter der Kathedrale unten am Meer liegt. Dort scheint alles intakt, die umliegenden Industriegebäude und der Flughafen selbst. Auf dem Vorplatz stehen die Busse, umringt von orangefarbenen Blinklichtern der Polizeifahrzeuge und kleinere Karawanen von Menschen bewegen sich darauf zu. Es scheinen nur einige wenige überlebt zu haben. Alles, was hinter der Krete lag, scheint nur von den Beben betroffen zu sein, aber nicht von der Flutwelle.

«Hast du einen Feldstecher?», fragt er Jon. Der kramt in seinem Rucksack und reicht ihn Sam.

Da steht ein Privatjet auf der Rollbahn, eine schlanke, silberne Gulfstream. Auf der Heckflosse entdeckt Sam eine kleine brasilianische Flagge. Bruna!

«Ich weiß, wie wir hier wegkommen!», ruft er und erzählt in knappen Worten von Bruna, ihrem Verlobten und dem Jet.

«Lass uns die anderen holen und nichts wie weg hier. Jon, pack zusammen», sagt er und klingt dabei sehr bestimmt.

«Weg? Bist du verrückt? Das ist die Story meines Lebens! Die MET veröffentlicht nur Situationsberichte und schweigt sich über das wahre Ausmaß aus. Die posten nichts von Katla und von möglichen

Auswirkungen. Das ist meine Chance, mir einen Namen in der internationalen Presse zu machen», ereifert sich Jon.

«Und was nützt dir das, wenn du tot bist?», fragt Marie und legt ihre Hand auf seine Schulter.

Jon streift sie weg und widmet sich wieder ungerührt seinen Daten. Sam und Marie schauen sich an und entscheiden wortlos.

Unten auf dem Platz suchen sie die anderen. Sie sehen sie alle zusammen vor dem Kommandozelt der Rettungskräfte stehen, wo Piet offenbar mit den Armen fuchtelnd ihren Chef von etwas zu überzeugen versucht. Als Marie sie sieht, stößt sie einen leisen Schrei aus. Piet lässt die Arme sinken und wirbelt herum. Auch Barbu, Jace und Emma wenden sich in Maries Richtung. Sie rennt los und umarmt alle stürmisch. Sie lachen und schluchzen gleichzeitig in ihrer Erleichterung einander heil und lebend wiederzusehen.

Marie sieht Sam mit tränennassem Gesicht an und bevor sie fragen kann, erklärt Sam: «Chuck war auch hier, doch er hat sich entschlossen mit einem der Busse nach Keflavik zu fahren um seine Seydür zu suchen.»

Marie nickt lächelnd, während immer noch dicke Tränen aus ihrem Gesicht tropfen und meint leise:

«Ihr könnt euch gar nicht vorstellen, wie froh ich bin euch zu sehen. Es ist ein Wunder. Ich dachte schon, niemand wär lebend aus dem Þingvellir herausgekommen.»

«Unkraut vergeht nicht», raunt Piet und merkt sofort, dass er etwas Dummes gesagt hat. Er geht zu Barbu und legt wie zur Entschuldigung seine Stirn an seine Brust.

Sie setzen sich im Kreis auf Steinbrocken. Marie hat tausend Fragen doch Sam bittet sie um Geduld. Die Zeit drängt.

Er erzählt von dem neuen Plan, mit Bruna und ihrem Jet von hier zu verschwinden. Wie erwartet, stimmen alle sofort zu. Sie sind sich einig, wollen schnell weg von hier, aber sicher nicht nach Keflavik, wo sie in der Falle sitzen würden. Sams Plan ist die Rettung, doch sie müssen sich beeilen, wenn er gelingen soll.

Die Straße hinunter zum Flughafen wirkt immer noch gespenstisch ruhig. Nur ein paar Ziegel und Bleche liegen in den Vorgärten. Der Asphalt hat Risse, sonst sind keine größeren Schäden zu sehen. Niemand weit und breit. Vor der Kreuzung zur Flughafenvorfahrt steht im Vorgarten eines schmucken Holzhauses eine alte Frau und räumt Ziegelbruch-

stücke aus dem Rasen. Sie scheint völlig unbeküm-
mert und hat in ihrem Leben wohl schon einige heftige Beben erlebt, aber ob ihr bewusst ist, welche
Gefahr noch immer lauert? Barbu schaut Sam fragend an, der leicht den Kopf zu einem Nein bewegt, und lässt die Hände in einer Geste von Hilflo-
sigkeit sinken. Barbu nickt und presst seine Lippen
zu einem Schlitz zusammen.

Gerade haben sie den Zaun zum Rollfeld erklom-
men, da startet der Jet seine Triebwerke. Sam rennt
los, wild gestikulierend in der Hoffnung, der Pilot
erblickt ihn. Aber ein Jet hat keine Rückspiegel und
selbst wenn ... Würde er überhaupt nach hinten in
die Kabine gehen und Bruna fragen, ob sie den Typen auf dem Rollfeld kenne? Wohl kaum.

Sam bleibt keuchend stehen und der Jet biegt
mit pfeifenden Triebwerken vom Taxi- auf die Run-
way ein. Ein kurzer Stopp, die Triebwerke heulen
auf und die Maschine beginnt zu rollen. Sam wirft
sich auf den Boden, um nicht vom Abgasstrahl getroffen zu werden.

Die Maschine hebt ab und macht elegant eine
leichte Linkskurve, um dann steil nach oben zu ziehen.

«Nein! Was machst du Idiot!», schreit ihm Sam hinterher. Der Jet will offenbar die Wolkendecke aus Rauch und Asche durchbrechen, um auf Flughöhe zu kommen. Weiß dieser Anfänger nicht, wie sich die kleinen, glasartigen, scharfkantigen Aschepartikel auswirken? Zuerst werden die Scheiben des Jets zu Milchglas geschliffen, bevor die Schaufeln der Triebwerke wie von einem Sandstrahler zerstört werden. Wenn das nur gut geht, schießt es Sam durch den Kopf. Kurz sieht er noch die roten Lichter vom Heck blinken, bevor die Maschine in der dichten Wolke verschwindet.

Sam trifft die Gruppe beim Kontrollturm. Offenbar ist kein Mensch mehr hier.

«Und was jetzt?», fragt Jace in die Runde.

«Wir könnten doch in einen Bus steigen. Was meint ihr?», schlägt Marie vor.

Sam folgt Piets und Barbus Blicken. Rechts vor dem Hangar steht eine zweimotorige Cessna 402, ein Flugzeug aus den Achtzigern, aber extrem zuverlässig. Aus dem Rumpf hängen die Sicherungsbänder – ein Zeichen, dass sie flugbereit ist. Marie, Piet, Barbu, Jace, Emma und Sam selbst – sie sind sechs Personen. Genügend Sitzplätze wird sie haben, aber ob er sie fliegen kann? Er besaß zwar mal eine Privatpilotenlizenz, aber nur auf Sichtflug und für Einmotorige.

Emma scheint seine Gedanken zu erraten. «Meinst du, du könntest die Kiste fliegen?»

«Nun ja – ich hatte mal eine Lizenz, aber nur für Einmotorige», erwidert Sam, immer noch die Cessna musternd.

«Aber wohin sollen wir mit dem Ding denn kommen?», wirft Marie ein.

«Auf die Färöer Inseln; die sind etwa achthundert Kilometer entfernt. Kommt das alte Schätzchen dahin?», wirft Piet ein, die Maschine betrachtend.

«Der Wind steht günstig. Wenn wir Glück haben und vollgetankt ist, kommt die Reichweite hin, und wenn wir uns knapp über der Wasseroberfläche halten, bis wir unter dem Aschedeckel hinweg sind, könnte es klappen. Sofern ich die Kiste überhaupt in die Luft und, was noch schwieriger sein wird, auch wieder heil auf den Boden bekomme – ja, dann kommen wir nach Hause», meint Sam.

Barbu sitzt die ganze Zeit mit abwesendem Blick auf einem umgefallenen Abfallcontainer. Die Aussicht, nach Hause zu kommen, reißt ihn aus der Trauer, die ihn immer wieder wie ein bleischwerer Mantel umhüllt. Er will unbedingt, dass seine Eltern und seine Geschwister die schlimme Nachricht von ihm persönlich erfahren.

«Dann lass uns sehen, ob sie aufgetankt ist», schlägt er vor und wie auf Kommando setzen sich die Männer in Bewegung.

«Spinnen die jetzt komplett? Wir können doch nicht einfach das Flugzeug klauen! Und dann noch mit einem Piloten, der keine Ahnung hat», sagt Marie zu Emma und schaut den Männern zu, wie sie die Maschine begutachten und Sam ins Cockpit steigt.

«Nun ja – es ist ein Risiko, aber wenn Jon recht hat, ist hier bald die Hölle los. Dann möchte ich nicht mehr hier sein», erwidert Emma und macht sich auf zum Flugzeug. Marie steht kurz kopfschüttelnd da, aber folgt ihr. Alleine hier zu bleiben, zieht sie nicht in Betracht. Und auch noch ohne Sam! Nein.

Elf

«Die Kiste ist vollgetankt und scheint flugbereit – alles einsteigen!», ruft Sam aus
dem Cockpit. Er schwingt sich aus der
Tür, geht um die Maschine und entfernt alle Sicher-
heitsbändel.

Die Cessna hat acht Sitzplätze und ohne Gepäck
würden sie auch nicht zu schwer sein. Als alle ange-
schnallt sind, blickt sich Sam zu seinen Passagieren
um. Jace und Emma sitzen zuhinterst. Jace hebt
den Rucksack: Die Steine sind dabei. Nach zwei leeren Reihen direkt hinter ihm Marie und daneben
Barbu. Piet hat sich rechts von ihm auf den Co-Pilo-
ten Sitz gesetzt. Das Gewicht ist gut verteilt.

Wie war das noch? Sam versucht sich zu erinnern. Schlüssel gedreht, Avionik – die Fluginstru-
mente eingeschaltet, GPS ein, Kreiselkompass und
Peilgerät ein, Funkgerät ein. Maschinen starten.

Sam drückt auf den Knopf des linken Triebwerks.
Der Propeller beginnt zu drehen und kommt mit ein
paar Hustern in Fahrt. Sam drückt die Pedale durch,
um die Maschine am Rollen zu hindern, dann dasselbe für das rechte Triebwerk; auch das springt an-
standslos an. Mehr als vierzig Jahre alt, aber immer
noch zuverlässig, denkt Sam schmunzelnd.

Die Maschine beginnt zu rollen und bewegt sich in Richtung Startbahn. Sam prüft mit dem Steuerruder die Funktion der Klappen; etwas Seitenwind, aber aus Richtung des Meeres. Das ist die richtige Richtung – sie haben Glück. Piet verdreht die Augen, als Sam wie angetrunken in Schlangenlinien zum Startpunkt rollt, und wedelt mit der Checkliste, die er im Seitenfach gefunden hat.

«Gar nicht so einfach nach der langen Pause und mit zwei Motoren, verdammt», murmelt Sam mehr zu sich selbst. Piet liest ihm die Checks vor. Bei mehr als der Hälfte weiß Sam gar nicht mehr, um was es sich handelt oder wo das entsprechende Instrument oder Lämpchen zu finden ist.

Er sieht den Höhenmesser, Kompass und Geschwindigkeit – das wird reichen. Rechts von ihm findet er den Schalter für die Landeklappen und darunter jenen, um das Fahrwerk einzufahren. Was will man mehr?

«Wir bitten Sie, sich anzuschnallen und die Toiletten nicht mehr zu benutzen. Wenn wir die Reiseflughöhe erreicht haben, servieren wir einen Lunch», spricht er ins Mikro und erntet dafür von Marie einen Schlag auf den Nacken. Er schaltet den

Funk auf Notfrequenz, das wird reichen für unterwegs und für die Landung auf den Färöer Inseln. Hoffentlich findet Piet noch eine Karte oder Netz auf seinem Handy und kann damit schauen, wo eigentlich der Flughafen dort genau liegt.

Sam holt tief Luft und während er sie durch seine leicht zusammengepressten Lippen ausströmen lässt, schiebt er die beiden Triebwerksregler langsam nach vorne. Die Motoren heulen auf und lassen die Maschine erzittern. Sam hält sie immer noch in den Bremsen fest. Er hat keine Ahnung, wie viele Meter die Cessna zum Abheben braucht. Die kleine grüne Markierung bei fünfundsechzig Knoten zeigt an, bei welcher Geschwindigkeit er beginnen kann, sie hochzuziehen.

Für Sekunden lässt er die Cessna weiter schütteln und vibrieren, um dann mit einem Ruck von den Bremsen zu steigen. Die Maschine schießt nach vorne und hinter ihm hört er einen spitzen Schrei von Marie.

Je mehr Fahrt die Cessna aufnimmt, desto ruhiger kann Sam sie auf Kurs der Rollbahnmittellinie halten. Das Seitenruder wirkt und er kann den leichten Seitenwind erstaunlich gut auskorrigieren. Jetzt – fünfundsechzig Knoten sind erreicht und als das Pistenende mit der rauen See dahinter auftaucht, zieht er langsam den Steuerknüppel zu sich.

Die Cessna hebt ab und Sam setzt die Klappen eine Stufe zurück. Sofort ertönt ein Piepen. Stallwarnung, er wurde zu langsam. Okay, jetzt ganz ruhig. Nase etwas nach unten. Das war wohl zu früh mit den Klappen. Die Cessna gibt sich gutmütig zufrieden und steigt weiter.

Knapp hundert Meter über Meer geht Sam in die Horizontale und setzt die Klappen auf Reiseflug. Ja, ja, denkt er, Island, der windigste Ort, an dem Menschen leben. Die Cessna wird ordentlich durchgeschüttelt, driftet seitwärts und springt wie wild über Luftbodenwellen, aber er hält sie auf Kurs der Südküste entlang. Im Südosten von Island würde es eine letzte Möglichkeit für eine Landung geben, bevor sie aufs offene Meer in Richtung Färöer steuern.

Ziemlich genau zwischen der Aschewolke und dem Meer fliegt die Gruppe der Südküste entlang. Piet klopft Sam anerkennend auf die Schulter und zeigt das Taucher-Okayzeichen nach hinten. Alle antworten ebenfalls mit einem Ring aus Daumen und Zeigefinger.

«Schaut euch das an!», schreit Marie und deutet aus dem Fenster. Schräg unter ihnen liegt Vík, aber was sie meint, sind die Aschewolken, die wie aus einer Explosion dahinter aufsteigen. Katla! Sie legt tatsächlich los – und wie! Das Donnern der Eruption ist durch den Motorenlärm zu hören, dann folgt die Druckwelle. Die Cessna wird herumgewirbelt und für Sekunden sieht Sam aus dem Fenster nur die Wasseroberfläche auf ihn zurasen. Er kann die Maschine auffangen, um gleich darauf wie durch einen Bombenregen zu fliegen. Katla schleudert glühende Gesteinsbrocken kilometerweit in den Himmel und scheint die kleine Cessna und ihre Insassen vom Himmel schießen zu wollen. Die schwarze Rauchsäule zieht zwar in Richtung Norden, aber wenn sie auch nur von einem faustgroßen, glühenden Brocken getroffen würden, wäre es vorbei. Wieder saust ein hausgroßer, flüssiger Magmabrocken an ihnen vorbei und verschwindet mit einer riesigen Fontäne im Meer. Man kann die Hitze spüren, obwohl das Ding mindestens ein paar hundert Meter an ihnen vorbeigeflogen ist. Die Hölle scheint ausgebrochen auf Island! Jon hat recht behalten.

Sam zieht die Cessna scharf nach rechts und lässt sie dabei bedrohlich nahe zu den Wellen absinken. Er schiebt die beiden Triebwerksregler nach vorne. Full speed – nur weg hier!

Die Cessna schießt knappe zwanzig Meter über das Meer. Immer noch werden sie von glühenden Brocken überholt, die Kilometer vor ihnen mit gigantischen Gischtwellen im Meer aufschlagen.

Jede Sekunde, in der sie nicht getroffen werden, erhöht ihre Chancen. Es muss einfach klappen, denkt Sam mit zusammengebissenen Zähnen. Als er sich kurz umdreht, sieht er Marie, Emma und Jace, den Kopf auf die Knie gedrückt, dasitzen. Nur Barbu schaut versonnen aus dem Fenster. Hinter ihnen liegt Island, ein Leben, das noch vor vierundzwanzig Stunden völlig anders ausgesehen hat. Sam blickt zu Piet, der auf seinem Handy herumdrückt, aufblickt und den Kopf schüttelt. Er legt sich die Karte auf die Knie und schreit ins Intercom: «Kein Netz und auch kein GPS auf deinen Instrumenten!»

Sam schaut auf den Kompass, auch der scheint verrückt geworden zu sein. Die Nadel dreht hin und her. Es müssen eisenhaltige Partikel in der Rauchwolke über ihnen sein. Sie sind sozusagen im Blindflug.

Mit über zweihundert Stundenkilometern entfernen sie sich von der Küste und tatsächlich, nach etwa zwanzig Minuten, die ihnen wie Stunden vorkommen, fliegen ihnen keine Brocken mehr um die Ohren und – noch viel besser: Der Himmel über ihnen zeigt weiße Schlieren. Wolken! Das ist wunderbar. Sie scheinen unter dem Deckel der Aschewolke hindurch entkommen zu sein. Sam reduziert das Gas ein wenig und zieht die Cessna auf dreitausend Fuß – rund tausend Meter über Meer. Piet deutet auf das GPS und den Kompass. Beide weisen eine ruhige Anzeige auf. Sofort dreht Piet an den Knöpfen des GPS und findet rasch den Flughafen auf den Färöer Inseln unter der Rubrik «Emergency landing options». Die Färöer sind die Nummer sechs, aber die näheren Flugplätze auf Island kommen ja nicht infrage.

Vierhundertsiebenundneunzig Meilen, das sind fast achthundert Kilometer. Sam schaut auf die Tankanzeige. Ein Viertel ist weg. Das war der Flug unter Volllast. Was soll's, entweder es wird reichen oder nicht. Wenigstens zeigen die Instrumente nur leichten Wind an, und als er die Maschine in Kurs mit dem GPS bringt, sogar ganz leichten Rückenwind.

Sam drückt auf den Knopf für den Kabinenlautsprecher an dem Steuerhorn: «Chicken or Pasta?»

«Du abgefahrener, verrückter Kerl!», schreit Marie zurück und beginnt zu lachen, was sich mit wildem Schluchzen abwechselt. Auch Jace und Emma hinten geht es nicht anders. Sie klettern über die Sitze nach vorne zu Barbu und Marie. Es scheint, sie sind dem Tod schon wieder von der Schippe gesprungen. Es wird in die Hände geklatscht und Jace ruft: «Wir möchten Champagner, verdammt!» Auch

Piet hebt die Hand zum High Five, und Sam schlägt ein. Erst jetzt bemerkt er, dass ihm der Schweiß nur so vom Körper tropft. Seinen Anorak hatte er zwar über die Schultern bis zu seinen Hüften heruntergezogen, aber trotzdem ist ihm, als säße er in der Sauna. Sein Mund ist staubtrocken.

«Wäre auch etwas Wasser für den Piloten zu haben?», fragt er. Emma klettert nach hinten und kommt tatsächlich mit einer Tragetasche wieder nach vorne.

«Es scheint, die Besitzer haben einen Ausflug geplant gehabt», zwinkert sie. In der Box sind Sandwiches und Getränke.

Das Beben muss den Cessnabesitzern kurz vor dem Abflug einen Strich durch die Rechnung gemacht zu haben. Die Bierdosen sind sogar noch kalt.

«Mais c'est pas possible!», jauchzt Marie. Es gibt zwar nicht für jeden eine Dose, die Tasche ist nur für zwei Passagiere gepackt worden, aber immerhin. Auch Sam bekommt einen Schluck ab und einen stürmischen Kuss von Maries schaumbedeckten Lippen.

«Hmm, bei der momentanen Geschwindigkeit, optimal zum Spritsparen, sollten wir in etwa viereinhalb Stunden da sein», informiert Sam.

«Sofern der Sprit reicht ...», fügt Piet leise flüsternd hinzu und kritzelt auf dem kleinen Pilotenkniebrett auf dem Block seine Dreisatzrechnungen. Wenn er richtig gerechnet hat und die alten, analogen Anzeigen stimmen, ja, dann sollte es gerade aufgehen. Vielleicht – aber es ist eine Sache von Minuten. Sam schaut auf den Block und nickt, dann schwenkt auch er kaum merklich den Kopf. Es ist nicht nötig, dass es alle wissen. Es würde niemandem nützen, vier Stunden in Angst dazusitzen.

«Aber es sieht gut aus», fügt Piet hinzu. Es soll locker klingen, aber Barbus hochgezogene Braue zeigt, dass er ihn trotz Flüsterton verstanden hat.

Der Flug verläuft ruhig. Die Motoren brummen regelmäßig an den Tragflächen.

Sam sieht immer wieder nach hinten. Marie und Piet schauen gedankenverloren aus den Fenstern. Es sind die ersten ruhigen Stunden für alle, seit das Inferno losgebrochen ist. Die Ereignisse der letzten Stunden wiederholen sich wie ein YouTube-Video auf Endlosschleife in den Gedanken. Emma lehnt mit geschlossenen Augen an Jace. Sam hofft, die beiden sind eingeschlafen. Etwas Schlaf würde ihm jetzt auch gut tun. Er spürt die Müdigkeit, die sich mit dem Nachlassen der Spannung verlockend in seinem Körper ausbreitet.

«Kannst Du die Maschine auf Kurs halten? Ich kann meine Augen fast nicht mehr offenhalten», raunt er zu Piet. Der wiegt ein wenig mit dem Kopf und nimmt das Steuerhorn in die Hände. Es fühlt sich nicht anders an, als ein Auto auf der Autobahn auf Kurs zu halten. Hier sind es nicht die Leitplanken und die Markierung, die zu beachten sind, sondern der Kompass und das GPS. Die Luft scheint erstaunlich ruhig und die Cessna brummt, von gelegentlichem leichten Rollen unterbrochen, auf Kurs in Richtung Färöer Inseln.

Sam schließt die Augen. Er legt seinen Kopf an das Seitenfenster. Hoffentlich schläft Piet nicht ein und sie trudeln schlafend ins Meer, denkt er und fällt augenblicklich in einen tiefen, traumlosen Schlaf.

«Sam ... Sam – ich glaube wir sind fast da», raunt Piet und schüttelt Sam leicht an der Schulter. Mit einem Ruck wacht er auf und schaut Piet verwundert an, der mit dem Finger auf das GPS deutet, auf dem vor dem Flugzeugsymbol die Umrisse der Inseln zu erkennen sind. Noch knappe zwanzig Minuten Flugzeit. Sam dreht sich nach hinten. Alle liegen aneinandergekuschelt und scheinen zu schlafen. Sam schmunzelt und sagt leise zu Piet: «Danke,

Piet. Ich kann kaum glauben, dass ich so weggetreten bin. Unglaublich, dass Du nicht eingeschlafen bist.»

«Bin ich das?», fragt Piet mit einem Grinsen.

Sam knufft ihn in die Seite und erwidert: «Witzbold. Kannst die Kabine für die Landung vorbereiten und die Passagiere wecken, Co-Pilot.»

Schlaftrunken regen sich die Köpfe und Glieder im Passagierraum und es ist Zeit für Sam, das Landeprozedere durchzugehen. Na ja, eigentlich ist es nicht schwierig. Schließlich ist der Flughafen auf den Färöern für Boeings und andere Großmaschinen gebaut, da wird er genügend Platz auf der Piste haben. Gegen den Wind, nicht unter fünfundsechzig Knoten fliegen, Klappen raus, Vergaserheizung ein – und dann einfach fliegen und immer schön die Piste in der Mitte halten. Ist da noch was? Kann er sich wirklich an alles erinnern? Da muss doch noch was sein. Fahrwerk – ja, verdammt. Das hat er an seinen Einmotorigen nicht gehabt. Ist es überhaupt eingefahren? Sam tastet sich zu dem Schalter und sieht das Kontrolllicht bei «Gear locked» leuchten. Piet grinst ihn an – er scheint das Fahrwerk eingefahren zu haben. Sam hätte es vergessen. Das ist gut so, denn mit ausgefahrenen Rädern hätte der Sprit wohl nie gereicht.

«Cessna on position, Whisky Alpha, identify yourself», schnarrt es in Sams und Piets Kopfhörern. Piet hebt den Daumen. Das muss Aircontrol der Färöer sein, denen sie auf dem Radar erscheinen und sie nun auf der Notfrequenz zu erreichen versuchen, nachdem sie auf der Flughafenfrequenz nicht geantwortet haben und sich wohl ziemlich außerhalb aller Luftstraßen auf die Inseln zubewegen.

«This is …», setzt Sam an. Wie ist denn eigentlich ihre Kennung? Piet deutet auf das Armaturenbrett. Da steht sie: TF-J66. Sam grinst dankbar. «Aircontrol, this is Tango – Foxtrott – Juliette – Six – Six. We are on an emergency and requesting landing instructions.» Nur leises Knistern im Kopfhörer, dann: «Stand by.»

Der Lotse wird sich absprechen müssen und hat wohl an der nicht korrekten Anmeldung erkannt, dass Sam kein richtiger Pilot ist.

«Hier ist die Flughafenkontrolle von Vagar. Wie ist die Situation?»

«Wir sind mit der Cessna den Vulkanausbrüchen auf Island entkommen. Sechs Personen an Bord und Pilot mit fehlender Lizenz, aber Erfahrung für einmotorige Maschinen.»

«Okay. Stand by.» Knistern. «Okay. Juliette Six, sinken Sie auf tausend Fuß und drehen Sie auf sechzig Grad. Kriegen Sie das hin?" «Roger and Wilco», antwortet Sam stolz. Ja, das würde er hinkriegen. «Verstanden und werde Anweisung befolgen.»

«Die Piste fünfundsechzig ist frei und der Luftraum auch – Sie haben Priorität."

Sam deutet aus dem Fenster. Da liegt sie – die westliche Insel Vagar und man sieht auch bereits die Leuchtstreifen der Landebahn. Piet deutet auf das rote Licht auf dem Armaturenbrett. Einer der Tanks ist bereits leer und der andere zeigt an, dass nicht mehr viel übrig ist. Noch laufen die Propeller, aber für mehrere Anflüge wird es nicht reichen. Sam muss die Kiste in einem Zug heil runterbekommen. Er erinnert sich an seine erste Solo-Platzrunde bei der Pilotenausbildung. Sechs Anflüge hatte er gebraucht, um alleine zu landen und dabei kannte er das Flugzeug schon über fünfzig Stunden.

«Aircontrol Vagar – ich benötige Hilfe beim Anflug», raunt er ins Mikrofon in der Hoffnung, seine Passagiere bekommen es nicht mit.

«Das sehen wir, so wie Sie rumeiern, aber keine Sorge, wir schalten Ihnen das VASI ein. Das kennen Sie doch?»

Das VASI ist so etwas wie ein Ampelsystem, das beim Anflug anzeigt, ob man zu hoch, zu tief oder zu weit links oder rechts ist.

«Confirmed», antwortet Sam. Wie geht das noch?

Rot über weiß – erster Preis, rot über rot – bald tot? Genau, man musste so fliegen, dass die Lampen der Ampelanlage am Pistenrand über der ersten Reihe alle rot waren und die darunter alle weiß, dann lag man richtig.

«Okay, Juliette Six Six, start your approach.»

Sam beginnt zu sinken, gefühlsmäßig in Richtung der Piste. Lieber zu tief, glaubt er sich zu erinnern. Gas geben kann man immer, aber bremsen nicht. Klappen in Landeposition, Fahrwerk raus. Die Cessna gehorcht wie ein gutmütiges Pferd einem unerfahrenen Reiter und gleitet ruhig auf dem von Sam angesteuerten Kurs der Piste entgegen.

«Du bist zu weit links», informiert ihn Piet. «Nun zu tief.»

Verdammt, das sehe ich selber, denkt Sam und ist doch dankbar, nicht alleine hier vorne zu sitzen. Schließlich muss er auch noch die Geschwindigkeit und Höhe im Auge behalten.

«You seem to be alright – good luck», schnarrt es im Kopfhörer. Witzbold! denkt sich Sam. Aber tatsächlich, er scheint richtig zu liegen. Unten alles weiß und oben rot. Noch ungefähr fünfzig Meter Höhe und sie wären unten, aber was ist das jetzt? Oben links ist jetzt rot und unten in der Mitte weiß. Keine Ahnung!

«Nose down, nose down», ertönt es ruhig aus dem Avionik System im Kopfhörer. Sam senkt die Nase der Cessna. Noch zwanzig, zehn, fünf Meter. Sam zieht die Gashebel vollständig zurück und lässt die Maschine gleiten. Er zieht die Nase nochmals etwas hoch und die Stallwarnung ertönt. Kurz darauf setzen die Räder quietschend auf der Piste auf. Perfekte Landung! Nun noch konzentriert bleiben. Noch rasen sie mit über hundert Stundenkilometern der Piste entlang. Eine Unaufmerksamkeit und die Kiste könnte nochmals von einer Böe angehoben werden oder ins Schlingern geraten und sich überschlagen. Von beiden Seiten schießen Feuerwehrfahrzeuge mit Sirenen und blauen Blinklichtern heran. Sam drückt die Pedale vorsichtig nach vorne und bremst ab. Kurz darauf kommt die Maschine zum Stehen, zwar völlig links der Pistenmitte, aber immerhin. Heil gelandet und das im ersten Anlauf – puh!

Sams Kopf sinkt auf das Armaturenbrett. Die rechte Tür wird aufgerissen und draußen steht ein Feuerwehrmann in Vollmontur. Dahinter zielen die Schaumkanonen wie Maschinengewehre auf das kleine Flugzeug. Kein Wunder, klettert Piet mit erhobenen Händen aus dem Flugzeug. Als alle ausgestiegen sind, klettert auch Sam aus dem Cockpit und wird in die Arme genommen. Wie eine Rugbymannschaft stehen sie da; sechs Menschen, die einen Kreis bilden und sich umarmen. Blitzlichter schrecken sie auf. Da scheinen auch Fotografen oder Journalisten auf dem Rollfeld zu sein.

Sie werden zu einem Bus geführt und gebeten, Platz zu nehmen.

Neben der Tür zur Ankunftshalle ist ein Spiegel angebracht. Sam erschrickt über den Anblick. Sie sehen aus, als kämen sie gerade aus dem Krieg zurück mit ihren rußgeschwärzten Gesichtern. Piet fischt sein Handy aus der Tasche. Zeit für ein Selfie. Den Rucksack trägt Barbu, er setzt ihn ab, damit er nicht im Bild erscheint, da hat er so eine Ahnung.

In der Halle werden sie von der Polizei empfangen und in ein Büro geführt. Sie erfahren, dass sich die Behörden seit gestern darauf eingerichtet haben, Flüchtlinge aus Island aufzunehmen. Alle verfügbaren Boote sind ausgelaufen, um Menschen zu evakuieren. Allerdings gehören sie zu den ersten, die es auf die Färöer Inseln geschafft haben. Ansonsten haben nur ein paar isländische Fischtrawler mit ihren Besatzungen im Hafen Station gemacht, um die Situation zu klären. Seit gestern sind allerdings Journalisten aus allen Herren Länder angekommen, um möglichst nahe am Geschehen zu sein.

Die Polizisten sind sehr freundlich, versorgen alle mit Getränken und lassen sie erst einmal durchatmen. Eine Polizistin, die sich als Freika vorstellt, scheint das Sagen zu haben und weist ihre Kollegen an, alle einzeln an einen Schreibtisch zu führen, um ihre Daten aufzunehmen und sie zu befragen. Sam winkt sie in ihr Büro.

«So, da haben Sie aber großes Glück gehabt, dass Sie es hierher geschafft haben und sicher landen konnten. Die Lage drüben auf Island scheint katastrophal zu sein. Wir haben nur vereinzelte Funksprüche auffangen können und ein paar Anrufe, allerdings vor Stunden. Jegliche Kommunikation scheint unterbrochen. Ein Privatjet ist vor fast zwei Stunden kurz vor der Küste notgewassert, seine Triebwerke sind ausgefallen. Wir wissen noch nicht, ob es Überlebende gibt», klärt sie Sam auf.

Bruna, schießt es Sam durch den Kopf. Er nickt nur und ist sich nicht sicher, ob er dazu etwas sagen oder besser schweigen soll.

Freika nimmt seine Personalien auf und tippt sie in ihren Computer. Er hat wie alle anderen keine Papiere bei sich. Die Polizistin informiert ihn, dass sie ihre Daten umgehend an die nächsten Botschaften übermitteln werden, damit Angehörige informiert werden und sie bald nach Hause weiterreisen könnten. Dann runzelt sie die Stirn.

«Die Kennung der Cessna ist auf einen Sten Lagergrön zugelassen, schwedischer Staatsbürger. Kennen Sie ihn?»

«Um ehrlich zu sein ...», druckst Sam herum, «also – wir haben das Flugzeug einfach genommen. Es war niemand am Flughafen und hinter uns brach die Hölle los.»

Freika schaut ihn staunend an und wartet ab.

«Ja, und eine gültige Pilotenlizenz besitze ich auch nicht», ergänzt Sam.

«Nun, dann ist es doppelt erstaunlich, dass sie es geschafft haben. Allerdings werden wir klären müssen, wie wir mit dem Diebstahl und der Verletzung des Luftrechts umgehen sollen.»

Zwölf

Sam setzt sich mit einer Tasse Kaffee in die Lobby der kleinen Pension, in die sie einquartiert worden sind. Die Besitzerin, Guðrun, eine stämmige Frau mit wilden, rotblonden Haaren, hat sie zur Begrüßung umarmt, mit Tränen in den Augen. Ihre beiden Söhne arbeiten in Reykjavik und sie hat seit gestern nichts von ihnen gehört. Vielleicht deshalb werden sie von ihr wie Familienmitglieder willkommen geheißen.

Sie haben Glück. Von der Insel Vagar, wo der Flughafen liegt, hat man sie in die Hauptstadt der Färöer, nach Tórshavn, gebracht. Tórshavn liegt auf der Insel Streymoy, östlich von Vagar. Es gibt nicht so viele Pensionen und Hotels hier. Wenn noch mehr Menschen hierhergebracht werden, kommen wohl die Lagerhallen als Unterkünfte zum Einsatz, die gerade mit Notbetten und Heizlüftern ausgerüstet werden. Offensichtlich ist die Solidarität groß und die internationale Hilfe ist angelaufen. Auf dem Flughafen landen Militärflugzeuge und Helikopter mit Material. Die Polizisten waren so aufmerksam, sie in ihren Privatautos aus dem Flughafenterminal zu transportieren und damit vor der Meute der Journalisten zu bewahren, aber es wird wohl nur eine Frage der Zeit sein, bis die hier auf der Nachbarinsel auftauchen. So groß ist die Insel ja nicht.

Marie taucht in der Lobby auf. Es ist eigentlich mehr ein gemütliches Wohnzimmer mit offenem Kamin, ein paar Stilmöbeln mit Häkeldecken und Familienfotos an den Wänden. Das gibt einem das Gefühl, bei der lieben Großtante zu Besuch zu sein. Marie hat sich in einen Bademantel gehüllt und ihre Haare in einem Turm aus Frottiertuch eingewickelt. Guðrun hat Sam, Jace und Piet die Kleidung ihrer Söhne hergegeben, aber für Marie und Emma hat die gute Frau nichts parat außer ihrer eigenen Kleider, die sie ihnen bereitwillig anbietet. Doch die beiden wollen Guðrun nicht ihre eigenen Sachen wegnehmen, die sie ja selbst braucht. So entscheiden sie sich, zur Not ebenfalls mit der die Männerkleidung, von der reichlich vorhanden ist, vorlieb zu nehmen, bis ihre eigenen Klamotten gewaschen sind. Marie und Sam haben ein Zimmer, Jace und Emma eines und Piet und Barbu teilen sich ein drittes. Damit ist die Pension schon halb ausgebucht.

Marie setzt sich auf die Lehne des abgewetzten Polstersessels und drückt Sams Kopf an ihre Seite. So verharrt sie mit geschlossenen Augen, während er zu ihr hochschaut.

«Wir sind gerettet, in Sicherheit ...», sagt Sam nach einer Weile mit kratziger Stimme. Marie nickt stumm. Sam spürt ihren Körper zittern und zieht sie auf seinen Schoß. Glucksend weint Marie. Tränen laufen ihr über die Wangen und tropfen auf Sams Hände. Er drückt sie fest an sich, streichelt ihren Nacken und spürt, wie auch sein Hals eng wird, ihm die Hitze ins Gesicht steigt und auch aus seinen Augen Tränen fließen.

«Ich muss immer an all die Menschen auf Island denken, an unsere Freunde, an Jon», sagt sie schließlich heiser und schaut ihn mit ihren dunklen, geröteten Augen an.

Sam küsst sie sanft, als könne er damit die Trauer und das Furchtbare aus ihrem Gesicht zaubern. Ihre Lippen bleiben zuerst bewegungslos, dann beginnt sie, seine Küsse zu erwidern, als könne sie, halb verdurstet, zuerst nur ein paar Tropfen ertragen, um dann gierig das Wasser in großen Schlucken in sich aufzunehmen.

«Hoho!», hören sie plötzlich jemanden hinter sich rufen. Marie löst sich ruckartig aus der Umarmung und rutscht zurück auf die Lehne.

Jace und Emma stehen vor ihnen, dahinter lehnen Piet und Barbu im Flur am Türrahmen zur Lobby.

«Was?», meint Marie schmunzelnd.

«Na ja, wir wussten nicht, dass es so ernst ist mit euch beiden», meint Emma.

Marie kichert und mustert Emma von oben bis unten. Sie steckt in viel zu großen, weinfarbenen Cordhosen, die sie mit einer Kordel als Gürtel an den Hüften zusammengezogen hat, und in einem blau-weiß karierten Flanellhemd Größe XL. «Gibt es das auch in meiner Größe?»

Grinsend lassen sich Barbu und Piet aufs Sofa fallen und Emma und Jace besetzen den zweiten Polstersessel. Den Männern passen die Sachen von Guðruns Söhnen einigermaßen. Marie wird sich entscheiden müssen zwischen dem Bademantel und einem ähnlichen Outfit, wie Emma es trägt. Emmas Frage bleibt unbeantwortet, aber eigentlich gibt es dazu auch nichts zu sagen. Es ist, wie es ist. Ob die Liebesbeziehung zwischen Sam und Marie eine Folge der Katastrophe ist oder ob sich Marie tatsächlich in den älteren Herrn verliebt hat, ist unwichtig. Jace fingert die Fernbedienung des Fernsehers vom Clubtischchen und schaltet das Gerät ein. Er zappt durch die Kanäle und bleibt schließlich bei CNN hängen. «Breaking News» läuft in großen, roten Lettern am unteren Bildrand über den Bildschirm. Gebannt schauen alle auf den Fernseher und Jace dreht die Lautstärke auf.

«Die Lage auf Island ist nach wie vor unklar», berichtet die Moderatorin in sachlich-professionellem Ton. «Offenbar hat sich gestern ein Vulkanausbruch unterhalb des Langjökull Gletschers unweit der Hauptstadt Reykjavik ereignet. In der Folge hat sich eine gewaltige Schlamm- und Eislawine ins Meer ergossen, die zu einem Tsunami geführt hat, der offenbar weite Teile der Stadt in ein Trümmerfeld verwandelt hat. Zusätzlich ist der Vulkan Katla, einer der größten im Süden der Insel, ausgebrochen und schleudert flüssiges Magma bis zu fünfzig Kilometer weit über das Land und ins Meer. Die Aschewolke hat mittlerweile die Stratosphäre erreicht und verdunkelt fast ganz Island. Über die Anzahl der Opfer ist bisher wenig bekannt. Allerdings wird befürchtet, dass über hunderttausend Menschen ihr Leben verloren haben oder in den nächsten Stunden durch die giftigen Gase und die Brände umkommen werden.» Die Moderatorin ist sichtlich bewegt.

Es werden Bilder aus Militärhelikoptern, die offenbar schon vor Ort sind, eingeblendet. Sie fliegen knapp über der Meeresoberfläche die Küste entlang. Bilder von Vík – oder besser von dem Ort, wo das Dorf einmal war – flimmern über den Bildschirm, darüber die Lava und Asche spuckende Katla. Dann Bilder der Küstenlinie um Reykjavik. Der nördliche Teil mit der Altstadt sieht aus wie nach einem Flächenbombardement. Nur Teile hinter dem Hügel mit der Kathedrale und dem Inlandsflughafen sind einigermaßen intakt sowie einige der Vororte. Überall wüten Brände, blaue und orange Blinklichter sind in den Straßen zu erkennen.

«Mon dieu», flüstert Marie und hält sich die Hand vor den Mund.

«Hunderttausend Menschen – das ist ein Drittel der Bevölkerung! Sicher sind auch einige Touristen darunter. Das ist ja wie ein Massaker», murmelt Jace. Sie starren mit versteinerten Mienen auf den Bildschirm.

«Die internationale Hilfe ist angelaufen. Aus England, dem restlichen Europa sowie den USA sind große Flottenverbände unterwegs mit Hilfsgütern und Rettungsmaterial. Es wird erwartet, dass die Truppen in den nächsten Stunden die zuerst eingetroffenen, englischen Verbände unterstützen können. Die NATO übernimmt im Namen der Europäischen Union die Koordination.

Der gesamte Luftraum über Europa bis hin zu Moskau ist vor einigen Minuten für die gesamte zivile Luftfahrt gesperrt worden. Meteorologen erwarten, dass sich die Aschewolke in den nächsten Stunden in Richtung Südosten auf das europäische

Festland zubewegen wird», berichtet die Moderatorin weiter. «Ich habe nun unseren Sonderberichterstatter Ted Smith in der Leitung, der uns aus Tórshavn, der Hauptstadt der Färöer Inseln, rund achthundert Kilometer südöstlich von Island, berichtet. Ted ...»

«Danke, Nancy. Die Situation ist tatsächlich unübersichtlich. Die Behörden hier berichten, dass die englische Armee den Flughafen der Färöer Inseln als Stützpunkt für die Hilfe übernommen hat, dies im Einverständnis mit den dänischen Behörden.

Offenbar wurde versucht, Überlebende zum vierzig Kilometer von Reykjavik entfernten Flughafen Keflavik zu transportieren und von dort auszufliegen. Der Flughafen liegt zwar im äußersten Westen der Insel, ist jedoch durch die Aschewolken ebenfalls nicht mehr anfliegbar für zivile Flugzeuge. Es gibt dort einen kleinen Marinehafen, von wo aus nun mit Schiffen versucht werden soll, die Menschen zu versorgen und zu evakuieren. Ein weiterer Teil von Überlebenden ist entweder selbst oder mit Bussen unterwegs auf der weitgehend intakten Ringstraße Islands in Richtung Norden, um sich dort in Sicherheit zu bringen. Über Opferzahlen sind bisher nur Schätzungen bekannt, aber sie werden sicher mehrere Zehntausend betragen und über die

Anzahl der Verletzten, Verschütteten und Einge-
schlossenen kann nur spekuliert werden. Die Kom-
munikationsinfrastruktur auf der Insel ist weitgehend zusammengebrochen. Die noch funktionie-
renden Handymasten, die noch für ein paar Stunden über Notstrom versorgt werden, wurden für die
Behördenkommunikation reserviert. Allerdings haben wir von einem Hobby-Vulkanologen über Sa-
telliten und die Sozialen Netzwerke Bilder und Be-
richte aus Reykjavik erhalten», berichtet Ted vor
dem Hintergrund des Hafens von Tórshavn. Mehrere Frachter auf dem Meer sind zu erkennen und
große Armee-Transporthelikopter, die durch das
Bild fliegen.

«Dazu später, Ted. Wie ist die Lage der Menschen auf Island?», unterbricht ihn Nancy.

«Jon ...», raunen Piet und Barbu gemeinsam.
Der Teufelskerl scheint es geschafft zu haben, mit
seiner Schüssel und der Autobatterie Kontakt zur
Außenwelt herzustellen. Sam legt den Finger auf
die Lippen und deutet auf den Fernseher.

«Wie gesagt, Nancy, zu der Situation der Menschen kann nur spekuliert werden. Es kann davon
ausgegangen werden, dass alles Menschenmögli-
che getan wird, um die Überlebenden mit Hilfe zu
erreichen. Allerdings kann man schon jetzt sagen,

dass diese Vulkanausbrüche die größte Katastrophe seit dem Zweiten Weltkrieg darstellen. Die Folgen sind kaum absehbar. Experten schätzen, dass die Aschewolke von Katla nicht nur den Flugverkehr in Europa für Monate lahmlegen, sondern mit der Verdunkelung auch verheerende Folgen für die Natur und Landwirtschaft haben wird. Die wirtschaftlichen Folgen sind nicht absehbar, und die Ökonomen überbieten sich bereits mit Horrorszenarien einer globalen Wirtschaftskrise», antwortet Ted ausweichend.

Wackelige, unscharfe Handyvideos vom Balkon der Hallgrímskirkja erscheinen auf dem Bildschirm. Durch die Rauchschwaden sind die Trümmer der Stadt zu erkennen und unten auf dem großen Platz ein Menschengewirr.

«Damit unterbrechen wir kurz unsere Berichterstattung», kommentiert Nancy und auf dem Bildschirm springen Kinder fröhlich um ihre Mutter, die ihnen Schokoriegel anbietet. «Gesunde Snacks für starke Kinder», preist eine Frauenstimme an, bevor Jace das Gerät stummschalten kann.

«Das waren Bilder von Jon», beendet Emma die Stille, die sich ausgebreitet hat.

«Es scheint ihm gelungen zu sein, seine Botschaft an die Welt zu übermitteln. Ob es Chuck auch geschafft hat?», antwortet Marie.

«Ganz bestimmt. Wenn es einer schafft, dann Chuck», entgegnet Piet.

«Wir können versuchen ihn anzurufen», meint Barbu und zieht sein arg verschrammtes Handy aus der Hosentasche. Er hatte es als Einziger in der Hosentasche und dadurch retten können.

«Kein Netz – oder zumindest funktioniert die isländische Karte hier nicht», meint er enttäuscht.

Selbst wenn, du hast ja gehört, dass es keine Kommunikation auf der Insel gibt. Aber wir können über einen Computer versuchen, an seine Nummer eine Nachricht zu senden, damit wir Kontakt herstellen können, falls er irgendwo auftaucht», erwidert Sam und deutet auf den kleinen Schreibtisch, auf dem ein altertümliches Gerät für die Gäste der Pension steht.

«Mon dieu, ich erwarte immer noch jeden Augenblick, dass ich aufwache und alles nur ein Traum war», sagt Marie.

«Es ist unfassbar, dass wir noch vor nur ein paar Stunden ein völlig normales Leben geführt und überhebliche Touristen durch das kalte Wasser der

Silfra geführt haben. Nun sind so viele tot, zerschmettert, verbrannt oder eingeklemmt unter Trümmern und müssen warten, bis sie der Tod von ihren Qualen erlöst», fährt sie fort.

Es wird still im Raum. Sie schauen sich aus geweiteten Augen an. Emma beginnt zu weinen und geht auf Marie zu. Die beiden umarmen sich leise schluchzend. Sam steht auf und legt seine Arme um sie wie auch Jace, Piet und Barbu. So stehen sie in der Mitte des Zimmers, halten sich fest umklammert, legen die Köpfe aneinander, als Guðrun mit einem Tablett voller Sandwiches den Raum betritt. Sie stellt das Tablett auf den Tisch. Das Grauen, das die Menschen erlebt haben mussten, das sie selbst nur von den Fernsehbildern her kennt und sie mit panischer Angst um ihre Söhne erfüllt, erfasst sie, als sie den Kreis erblickt. Sie beginnt laut zu weinen und wie zur Erlösung ermöglicht Guðruns verzweifeltes Schluchzen auch den anderen, ihren Gefühlen freien Lauf zu lassen.

Schnäuzend sitzen sie kurze Zeit später wieder in den Sesseln. Der Druck in den Kehlen ist gewichen und sie machen sich über die Brötchen auf dem Tisch her.

«Ein Mann der Polizei war hier. Ihr sollt euch so schnell wie möglich bei dem Deutschen Konsulat hier in Tórshavn melden. Die werden die Koordination mit den Botschaften eurer Heimatländer übernehmen», bemerkt Guðrun und freut sich über den Appetit, den alle zeigen. Es ist ein gutes Zeichen. Sie bringt keinen Bissen herunter.

«Das scheint ja besser zu klappen, als ich mir erhofft hatte», meint Sam erfreut. Sie waren alle gemeinsam zum Deutschen Konsulat gegangen und hatten dort erfahren, dass sie in ein, zwei Tagen alle Notpässe und etwas Geld von ihren Botschaften erhalten würden. Nur bei Barbu könnte es etwas länger dauern, bis die rumänische Botschaft reagieren würde. Die englischen Pässe für Jace und Emma, der französische für Marie, der niederländische für Piet und der Schweizer Pass für Sam sollten keine größeren Probleme verursachen. Sam würde noch eine Aussage bei der örtlichen Polizei zu dem entwendeten Flugzeug und der Verletzung des Luftrechts zu Protokoll geben müssen, aber ob es je geahndet werden würde, war unklar. Danach würden sie mit einem der Fährschiffe über England in ihre Heimat reisen können.

«Ja, wir bekommen jeder fünfhundert Euro, außer du, mein Freund», lacht Piet und klopft Barbu auf die Schulter.

Der verzieht den Mund und meint: «Während ihr euch alle zu den neuen Stars der Medien aufgeschwungen habt, habe ich uns etwas besorgt.»

Auf dem Rückweg vom deutschen Konsulat waren sie einem Reporterteam der englischen BBC in die Hände gelaufen. Die Journalistin hatte an der Kleidung der Gruppe vermutet, es könnte sich um Gerettete aus Island handeln und sie zu einem Interview gedrängt. Während vor allem Jace und Sam die Geschichte ihrer Flucht von der Insel, von der halsbrecherischen Fahrt mit dem Jeep bis zum Flug auf die Färöer Inseln schilderten, hatte sich Barbu davongeschlichen. Er war nicht daran interessiert, dass alle Welt von ihm und vom Tod seines Bruders erfuhr. Was hätte er auch schon erzählen sollen? Dass Simi einen handballgroßen Edelstein zu bergen versucht hatte und dabei abgestürzt war? Sicher nicht, aber eine Lüge zu erfinden oder den Tod seines Bruders nicht zu erwähnen, wäre ihm unerträglich gewesen.

Die anderen hatten sich durch die Fragen und die Kamera dazu hinreißen lassen, alles zu erzählen. Auch Jon wurde von Marie ausdrücklich erwähnt. Er war ein Held in ihren Augen, aber wahrscheinlich würde dieser Teil des Interviews herausgeschnitten werden. Den Teil der Geschichte mit den Steinen hatten sie zum Glück weggelassen, wie Barbu erfuhr, als sie sich wieder bei Guðrun trafen. Sam hatte von der Journalistin auch erfahren, dass aus dem notgewasserten Privatjet schwer verletzte Überlebende geborgen und mit einem Ambulanz-Helikopter der Armee zu einer Spitalfregatte evakuiert worden waren. Sam hoffte inständig, dass Bruna überlebt hatte.

Barbu öffnet die Plastiktüte und stellt eine Briefwaage auf den Clubtisch.

«Was ist das?», fragt ihn Piet, während die anderen sofort verstehen.

Sam steht auf und nickt in die Runde. Im Zimmer, das Marie und er sich teilen, stellt er eine Waage auf den Boden und Barbu holt den Rucksack aus seinem Zimmer.

Nach einer Stunde deutet Jace auf die vier Haufen sortierter Steine und liest von seinem Notizblatt ab: «Wir haben zwei Steine mit einem Gewicht von knapp über tausend Gramm, siebzehn Steine mit einem Gewicht von um die zweihundert Gramm, fünfzig Steine um die hundert Gramm und sechshundertvierundachtzig Steine zwischen vier und vierzig Gramm. Seid ihr euch bewusst, was das heißt?»

Er schaut in fragende Gesichter.

«Ich bin kein Experte, aber ich weiß einiges von meinem Cousin. Er ist Gemmologe, das heißt, er hat Edelsteinkunde studiert und arbeitet für einen der großen Händler in London und Zürich.»

«Und was bedeutet das?», fragt Marie.

«Nun ja, wenn es tatsächlich Rohdiamanten sind, die wir hier vor uns sehen, dann könnten wir vor einem unermesslichen Schatz sitzen. Allerdings gibt es je nach Reinheit und Größe erhebliche Unterschiede im Wert», erklärt Jace unsicher.

Mit um sich kreisenden Fingern, einer Tauchergeste, deutet ihm Sam an, weiter zu erklären.

«Also …», beginnt Jace und tippt auf dem Rechner von Barbus Handy Zahlen von seinem Blatt ab.

«Bei einer Ausbeute von rund vierzig Prozent, im geschliffenen Zustand, kämen wir auf insgesamt etwa fünfzigtausend Karat. Aber, wie gesagt, der Wert hängt vom Reinheitsgrad und natürlich von der Größe des einzelnen Steins ab.»

«Ich verstehe immer noch nicht», meint Marie mit hochgezogenen Augenbrauen.

«Also, zum Vergleich: Der größte Diamant, der je gefunden wurde, ist der „Cullinan" mit einem Gewicht von 3'106 Karat. Er wurde 1905 in der Nähe von Pretoria in Südafrika entdeckt. Aus dem

Rohdiamanten wurden der „Great Star of Africa" und der „Lesser Star of Africa" geschliffen, die für die britischen Kronjuwelen verwendet wurden, sagt das Internet. Und zum Wert der „Oppenheimer Blue", der wurde im Mai 2016 in Genf für 57,6 Millionen Dollar versteigert. Der Stein mit 1'462 Karat war damit der teuerste jemals versteigerte geschliffene Diamant.»

«Und wir haben hier zwei Steine mit einem Gewicht von einem Kilo? Wie viele Karat sind das denn?», fragt nun Emma mit belegter Stimme.

«Ein Karat sind 0,2 Gramm. Dabei muss man berücksichtigen, dass von einem Rohdiamanten nur ungefähr vierzig Prozent nach dem Schleifen übrigbleiben. Das würde heißen ...», Jace tippt wieder auf dem Handy herum. «Nun, die beiden großen haben geschliffen wohl um die viertausend Karat.»

Marie streckt die Hände mit Daumen an Zeige- und Mittelfinger angelehnt aus und fragt damit nach dem Wert. Jace rauft sich mit der linken Hand die Haare und tippt mit dem Daumen der rechten auf dem Handy. Er schaut auf und blickt ihr in die Augen.

«Wenn ich mich jetzt nicht verrechnet habe ... locker um die hundert Millionen US-Dollar pro Stein!»

Er sieht um sich Gesichter mit offenen Mündern.

«What the fuck!», haucht Emma. Sie sehen sich an und nach ein paar Schrecksekunden ertönt ein wildes Freudengeschrei, das die Vögel, die draußen auf dem Fenstersims sitzen, aufschrecken und davonfliegen lässt.

«Stopp, stopp, stopp!», schreit Jace, um alle zu beruhigen.

«Haltet die Klappe oder wollt ihr, dass alle hier im Ort das mitbekommen, verdammt noch mal?! Ich habe euch doch gesagt, dass ich nur wenig weiß. Wir wissen nicht, ob das überhaupt Rohdiamanten sind geschweige denn, wie rein sie sind und was sie wert sein könnten.»

Auf einen Schlag ist es wieder still im Zimmer.

Sam findet als Erster wieder Worte: «Also, wenn ich dich richtig verstanden habe, Jace, könnte es sein, dass wir alle hier Millionäre sind oder dass wir hier einen Haufen Kieselsteine gewogen haben – richtig?»

Jace nickt. «Dann sollten wir das herausfinden», meint Sam.

«Was schlägst du vor?», fragt nun Barbu, der mit Sam am ruhigsten geblieben ist.

«Wir sollten einige der Steine fotografieren und die Bilder samt einigen Steinen zu Jace' Cousin schaffen, um sie schätzen zu lassen», erwidert Sam.

«Mein Cousin John wohnt mit seiner Familie in London. Wir wissen alle, wie schwierig es momentan ist, zu reisen. Es kommen auch immer mehr Menschen aus Island an. Unsere Bleibe und die Hallen sind bereits übervoll und die Fähren nach England auch. Ich weiß auch nicht, wo wir alle in London wohnen könnten, wie wir das anstellen sollten», erwidert Jace.

«Du hast Recht. Aber du könntest mit ein paar Steinen und den Bildern zu John fahren und wir anderen reisen zu mir in die Schweiz und warten dort auf dich. Platz gibt es genug bei mir und wie es scheint, ist in der Schweiz die Situation nicht ganz so chaotisch wie im Rest Europas», schlägt Sam vor.

Natürlich waren die Aschewolken auch über der Schweiz angekommen, doch ist man hier besser vorbereitet auf so eine Situation als anderswo. Seit dem Ende des kalten Krieges hatte man die Schweiz immer wieder belächelt für die Zivilschutzorganisation, die Aufforderung, jeder Haushalt sollte einen Notvorrat für zwei Wochen lagern, die Pflichtlager der Armee, wo wichtige Medikamente, Treibstoffe und Lebensmittel für die ganze Bevölkerung für Monate eingelagert sind. Immer wieder wurde dieses Konzept in den letzten Jahren wegen des hohen Aufwands und der Kosten in Frage gestellt. Jetzt zahlen sich diese Übervorsicht, diese Befürchtungen aus der Nachkriegszeit aus. Es war zwar kein Krieg ausgebrochen oder eine Naturkatastrophe im eigenen Land geschehen, doch die Versorgung mit Gütern des täglichen Bedarfs, die Gesundheitsversorgung und der öffentliche Verkehr funktionieren, als ob nichts geschehen sei. Teile der Milizarmee und der Zivilschutzorganisation wurden aktiviert und sorgen für Sicherheit und die Versorgung. Keine langen Schlangen vor Geschäften mit folgenden Demonstrationen wütender Bürger. Keine Stromausfälle oder geschlossenen Banken, die sich vor den panischen Geldbezügen ihrer Kunden zu schützen versuchen müssen. Alles verläuft mehr oder weniger in geordneten Bahnen, auch wenn selbst hier die Regierung eine erste Stufe des Notstands ausgerufen, man vorsorglich bestimmte Güter rationiert hatte und der Handel an der Börse ausgesetzt wurde.

«Ich muss dringend nach Hause», antwortet Barbu und schaut in die Runde. Die anderen nicken verständnisvoll. Seine Familie weiß noch nichts von Simis Tod.

Kurze Zeit installieren Sam und Jace drei Nachttischlampen, fotografieren mit Barbus Handy die größeren Steine und versehen sie mit einem Zettel, auf dem das Gewicht notiert ist. Sie sortieren eine Auswahl für die Begutachtung durch John aus; je drei der kleineren Steine mit unterschiedlicher Farbe und den kleineren der zwei großen. Den Rest packe sie wieder, in Papier eingewickelt, in den Rucksack. Die Bilder laden sie später auf Guðruns Computer in Sams Cloud-Verzeichnis.

«Was geht in deinem Kopf vor?», fragt Sam Marie und streicht ihr sanft über die Wangen.

Die beiden sitzen in ihrem Zimmer auf dem Bett. Zuvor hatten sie mit den anderen gemeinsam etwas im kleinen Restaurant gleich unten am Hafen gegessen. Heute hatten sie ihre Notpässe und den Vorschuss vom Deutschen Konsulat abholen können. Barbu hat seinen Pass noch nicht erhalten. Es kann dauern, bis er nach Hause, nach Rumänien, zu seinen Eltern kann.

«Warum? Was meinst du?», fragt Marie.

«Morgen reisen wir ab, das ist doch gut, aber du wirkst so nachdenklich.»

«Meine Gedanken fahren Achterbahn. Mal denke ich daran, was ich alles mit meinem Leben als reiche Frau anstellen werde. Dann tauchen wieder die Bilder aus Island auf und das Chaos, das in ganz Europa herrscht.»

«Wie wir gehört haben, wird sich alles nicht so schnell beruhigen. Allerdings ist das Schlimmste nicht eingetroffen. Katla gibt seit ein paar Tagen Ruhe, und die Aschewolke hat sich in den drei Wochen, die wir hier sind, zum Teil verzogen und ist durch die Winde eher in Richtung Norden getrieben worden», versucht Sam die Lage zusammenzufassen.

Marie schmunzelt und küsst ihn. «Ihr Männer seid doch alle gleich. Alles im Griff, was?»

«Nein, natürlich nicht. Aber wir werden es in den Griff bekommen. Was ist mit uns?»

«Was soll mit uns sein? Wir kaufen uns eine Insel, machen zwölf Kinder und gründen einen neuen Stamm», erwidert Marie und lächelt breit.

«Hmm», brummt Sam und nimmt sie in die Arme. Marie gähnt und kuschelt sich an ihn.

Ob sie wirklich reich sind? Und was würde dieser Reichtum mit ihnen anstellen? Sam ist sich nicht so sicher, ob er die Aussicht auf Reichtum wirklich toll finden soll und wie es mit ihm und Marie weitergehen wird. Für Marie war es wohl einfach eine Affäre gewesen, dann hatten die Katastrophe und die gemeinsame Flucht sie zusammengeschweißt. Was, wenn alles wieder normal wird und sie erkennt, dass sie mit einem wohl zwanzig Jahre älteren Mann zusammen war? Er weiß nicht einmal, wie alt sie eigentlich ist und wann sie Geburtstag hat. Morgen würde er sie fragen.

Weitere Bücher von Stefan Prebil

LORENA – 2032 Die Zeit der
Wahrheit

Paperback ISBN: 978-3-7497-2629-5
Hardcover ISBN: 978-3-7497-2650-9
e-Book ISBN: 978-3-7497-2651-6
Hörbuch: ISBN 978-3-033-06774-5

Inhaltsangabe

Wir haben das Jahr 2032: Jacko Brevic nähert sich dem
70. Lebensjahr und bereitet sich vor, durch einen
Selbstversuch der Unsterblichkeit nahezukommen.
Denn in seinem fortgeschrittenen Alter hat er noch
lange nicht genug vom Leben. Doch dann konfrontiert
seine ungewollt schwangere Enkelin ihn mit seiner nie
verdauten Vergangenheit: der Adoptionsfreigabe ihres
Vaters. In der Folge kommt ein folgenreicher Betrug
seines ehemaligen Freundes ans Licht, der außer Jacko
auch die gesamte Gesellschaft der Schweiz in ein Di-
lemma stürzt.

Zeitfracht Medien GmbH
Ferdinand-Jühlke-Straße 7
99095 Erfurt, Deutschland
produktsicherheit@kolibri360.de